누구나
그렇게
서른이
된다

누구나 그렇게
서른이 된다

초판 1쇄 발행 2018년 4월 30일
초판 3쇄 발행 2020년 1월 14일

지은이 편채원
책임편집 조혜정
디자인 그별
펴낸이 남기성

펴낸곳 도서출판 쿵(프로젝트A)
인쇄,제작 데이타링크
출판사등록 신고번호 제 2016—000310호
주소 서울특별시 마포구 월드컵북로 400, 2층 201호
대표전화 (070) 7555—9653
이메일 sung0278@naver.com

ISBN 979-11-88345-40-3 03810

이 도서의 국립중앙도서관 출판예정도서목록(CIP)은 서지정보유통지원시스템 홈페이지(http://seoji.nl.go.kr)와 국가자료공동목록시스템(http://www.nl.go.kr/kolisnet)에서 이용하실 수 있습니다.(CIP제어번호: CIP2018012227)

누구나 그렇게 서른이 된다

편채원 에세이

자화상

서른이 되어서야 알았다
봄이 누구에게나 따뜻한 계절은 아니라는 것을.

그리고 겨울은,
끝이 아닌 새로운 시작이었음을.

길었던 겨울의 끝에서,
또 다른 나와 마주하다

마지막 도시인 세비야를 뒤로 하고 바르셀로나행 렌페에 몸을 실었습니다. 아무 생각 없이 같은 도시로 인아웃 항공편을 끊어버리는 바람에 900킬로미터가 넘는 거리를 다시 돌아가게 되었어요. 세비야에서 바르셀로나까지는 초고속 열차로도 5시간 30분을 가야 한다는데, 아마 오늘 하루는 이동하느라 다 쓰게 될 것 같네요. 바르셀로나에 도착하면 마지막 숙소에서 늦은 체크인을 한 뒤 저녁을 먹고, 내일 아침 비행기를 타기 위해 일찍 잠자리에 들려고요. 이것으로 저의 스페인 여행은 사실상 끝이 났습니다.

많은 것을 보고 느낀 여행이기도 했지만, 무엇보다

도 제 자신에 대해 생각해볼 수 있는 시간이었습니다. 혼자다 보니 도시에서 도시로 이동하는 동안 창밖을 보는 일 말고는 특별히 할 게 없더라고요. 다행히 저는 멍 때리는 걸 좋아해서 그 어떤 생각이건 그저 떠오르는 대로 내버려두었습니다. 평소 같았으면 친구와 나누었을 시시콜콜한 이야기를 굳이 입 밖으로 끄집어내지 않으니, 수많은 말들이 저들끼리 서로의 꼬리를 물고 물어가며 끊임없이 이어지더군요. 머릿속을 휘저어대는 수많은 잡념들이 전부 의미 있는 것이 아니더라도, 어쨌든 이렇게 온전히 나에게만 집중하는 시간을 가질 수 있는 기회가 살면서 얼마나 있었을까요.

애초에 완벽할 필요가 없는 여행이었습니다. 그저 떠났다는 사실만으로도 제게는 큰 도전이었거든요. 이 여행을 하나부터 열까지 조금의 실수도 없이 완벽하게 해내겠다는 강박관념을 버리니, 더 여유로운 마음으로 순간순간을 즐길 수 있었습니다. 감사하게도 운이 따라주는 여행이었다고 생각합니다. 물론 아닐 때도 있었지만, 다행히 그마저도 제가 감당할 수 있는 범위를 벗어나진 않았거든요. 예를 들면 숙소를 잘못 예약하는 바람에 방값을 날린다거나 버스를 잘못 타서 길을 잃는다거나 맛집이라고 해서 겨우 찾아갔는데 음식이 별로라던가, 돌이 잔뜩 깔린 길 위로 15킬로그램짜리 캐리어를 끌며 숙소를 찾아야 하는데 비가 내린다거나. 그런 사소한 불운 정도는 아무렇지 않게 넘길 수 있었어요. 왜냐하면 나는 소매치기를 당하지도 않았고, 그렇게 걱정했던 베드버그에도 물리지 않았고, 가끔씩은 우연히 들른 레스토랑에서 친절한 직원을 만나 최고의 음식을 먹기도 했으니까요.

이번 여행을 통해서 지금껏 몰랐던 사실을 두 가지 깨달았습니다. 나는 생각보다 외로움을 많이 타는 사람이라는 것. 그리고 나는 내가 알고 있던 것보다 훨씬 더 긍정적인 사람이라는 것을요. 바르셀로나에서 보낸 크리스마스이브는 인생에서 가장 외로웠던 날로 기억될 거예요. 모두 사랑하는 사람들과 함께인데, 세상에 나만 혼자였거든요. 쓸쓸함이라기엔 조금 모자라고,

고독함이라기엔 조금 들뜬. 그런 느낌은 처음이었어요. 아이러니한 건, 똑같이 혼자였음에도 불구하고 바로 그다음 날 네르하에서 보낸 크리스마스는 제 평생에 잊지 못할 행복한 날로 남을 거라는 사실이에요. 지중해를 바라보며 먹은 9.9유로의 소박한 코스 요리와 달콤한 샹그리아까지. 술도 잘 할 줄 모르면서 분위기에 취해 샹그리아 한 통을 다 마셔버렸어요. 반쯤 몽롱해진 정신과 새빨개진 얼굴로 정처 없이 돌아다닌 그날, 올라오는 취기를 이겨보겠다며 벤치에 앉아 바닷바람을 맞던 그때, 행복하다는 단어 하나로는 내가 느낀 감정을 전부 표현할 수 없을 정도로 행복했던 그 순간. 금방이라도 빗방울이 떨어질 듯 흐린 하늘도, 이미 잔뜩 달아오른 저의 기분까지 망치지는 못했죠. 이따금 웃음만 날 뿐이었어요. 여기가 어디라고 나 혼자 와서 지금 이러고 있는 건지.

문득 의문이 들었어요. 나는 뭐가 그렇게 힘들었을까. 무엇이 그리 불안했을까. 술도 깰 겸 여태껏 나를 괴롭혀온 정체불명의 적에 대해 곰곰이 생각해봤어요. '적'일 가능성이 없는 후보들을 하나씩 지워가다 보니,

결국 마지막에 남은 건 그 누구도 아닌 바로 나. 그래요. 난 남에게는 관대하면서, 오히려 자신에게는 한없이 모질게 굴었던 거예요. 멍청하고, 한편으론 안쓰럽게도.

이것도 일종의 취중진담이라고 할 수 있을까요? 술의 힘을 빌려 나는 처음으로 스스로를 따뜻하게 안아주었습니다. 크고 작은 사건들이 많았지만, 어쨌든 지금 여기까지 오느라 고생했다고. 정말 수고 많았다고. 남은 여정도 잘 해낼 수 있을테니 너무 겁먹지 말고 스스로에게 좀 더 당당해져도 된다고 말예요. 어깨를 다독이는 내 두 손은 생각보다 따뜻했어요. 정말 신기한 건, 그간 쌓여 있던 고민과 불안, 걱정들이 그 옅은 온기에 싹 녹아내렸다는 거예요. 마치 처음부터 별거 아니었다는 듯이요. 그날 깨달았죠. 용기는 다른 이들의 칭찬이나 격려에서 비롯되지 않는다는 것, 그리고 내가 그토록 갖고 싶었던 진짜 용기는 오직 나만이 쥐어줄 수 있다는 것을요.

고작 여행 한 번 다녀왔다고 해서 인생이 드라마틱하게 바뀔 거라고는 기대하지 않았습니다. 역시나, 다시 돌아온 현실은 허무할 정도로 똑같았죠. 떠났을 때

모습 그대로, 통장 잔고가 반으로 줄어든 보람도 없이요. 그럼에도 괜찮을 수 있었던 이유는 분명했어요. 돈으로는 절대 살 수 없는 용기를 얻었고, 30년 동안 모르고 살아온 나의 다른 모습을 찾았다는 것. 마냥 헛되이 보낸 시간은 아니었으니, 조금은 스스로를 뿌듯해해도 될까요.

음, 떠나보니 세상은 아직 생각보단 살 만한 곳이었어요. 솔직히 지치고 힘들 때는 다 포기하고 집으로 돌아가고 싶은 마음이 굴뚝같았는데요, 지금은 그때가 마냥 그리울 따름이에요. 그래서 저는 당신에게도 꼭 한번 떠나보라고 말해주고 싶어요. 지금껏 살면서 아직 한 번도 떠나본 적이 없다면 더욱더, 이왕이면 혼자서요. 조금 두렵긴 하겠지만 무사히 돌아오고 나면 나는 내가 생각했던 것보다 훨씬 더 강한 사람이었구나, 라는 걸 알게 될 거예요. 그리고 또 하나, 내가 걱정해왔던 그 모든 불안이, 멀리서 보면 조금은 작아 보인다는 사실도요.

당신의 불안이 아무것도 아닌 게 될 수는 없어요. 다만 저는 당신의 오늘이 어제보다는 조금 더 행복하길 바랄 뿐.

그러니 아무리 밉다 해도,
가끔은 당신의 지친 서른 살을 따뜻하게
안아주세요.

여기까지 잘 와줘서 정말 고맙다고,
그것만으로도 너는 충분히 가치 있는 존재라고
말예요.

그래요, 아직 아무것도 끝나지 않았어요.
이제 막 시작한 걸요, 우리의 시간은.

그 겨울의 끝자락에서
스물아홉의 내가 서른의 나에게

차
례

1장

너무 빨리 서른이 된 당신에게

2장

그럴듯한 어른이 되어 있을 줄 알았는데

3장

누구나 그렇게 서른이 된다

어둠조차 낯이 익어 혼자서도 지낼 만해졌다.

열기 가득한 밤, 소란스런 거리에는
길을 잃은 공허함이 주인을 찾고 있었다.

아아, 너는 그저 너로서 오롯이 존재하라.
여전히 나는 혼자이고 싶으니.

1장

너무 빨리 서른이 된 당신에게

단절이 필요한 순간들

낯선 풍경, 낯선 공기, 낯선 사람들. 아무도 내가 누구인지 모르는 먼 이국땅에 와서야 마음 편히 숨을 쉬는 기분. 그래, 진정한 자유란 이런 거지.

뚱뚱한 사람도 남의 눈치 보지 않고 비키니를 입는 천국 같은 곳. 나도 조금은 용기를 내본다. 오늘을 위해 준비한, 화려한 무늬의 가슴께가 푹 파인 수영복과 면세점에서 큰맘 먹고 구입한 쌈박한 선글라스까지. 얼마 만인지 모를 정도로 오랜만에 찾아온 여유를 기꺼이 받아들이며 준비된 해먹에 누워 잠시 눈을 붙인다. 적당히 살랑거리는 바람에 의식의 끈을 잠시 놓을까 말까 하던 찰나, 이 달콤한 휴식을 방해하는 불청객의 달갑지 않은 노크 소리. 아니, 진동소리. 지이이잉, 지이이이잉. 풍경은 여전한데 지칠 줄 모르고 끊임없이 존재를 과시하는 불청객은 자꾸 꿈에서 깨라며 나를 재촉한다. 그 집요함에 차마 더는 무시하지 못하고 문을 열어주었다. 옆으로 밀어 '수신'.

"네, 여보세요."

"아, 채원 씨. 휴가 중에 미안한데…."

'미안하면 하지 말고, 휴가 중인 거 알면 더더욱 하지 말란 말이다!'라는 말이 나도 모르게 입 밖으로 튀어나올 뻔했다. 흥분한 마음을 겨우 눌러 내리고 애써 부드럽게 답했다. 사회생활 6년차, 이 정도는 앉아서 떡 먹기지. 별 내용 없었던 통화는 금방 끝이 났다. 하지만 한번 끊긴 이 달콤함은 쉽사리 다시 이어지지 않았다. 오늘은 글렀다. 아까운 내 연차.

이상하게도 한국인들의 휴가는 7, 8월에 몰려 있다(대치동 학원 방학이 그즈음이라 그렇다는 말이 있다. 사실인 듯하다). 그래서인지 어딜 가나 전쟁이다. 인천공항은 매년 최다 이용객 수를 갱신하고, 한철 장사라는 명분 아래 국내 피서지의 성수기 요금은 해마다 상한가를 친다. 그럼에도 불구하고 1년에 한 번 찾아오는 이 소중한 외출의 기회를 놓치지 않기 위한 직장인들의 고군분투는 언제나 눈물겹다. 이것은 어떻게 잘 쉴까 혹은 잘 놀까를 고민해서라기보다 쉬는 동안 한 통의 연락이라도 덜 받기 위한 필사적인 몸부림에 가깝다. 휴가 중 휴대폰을 꺼놓는 행위는 퇴사를 결심하지 않고서야 불가능한 일이니까. 회사는 나와의 연결고리가 끊어지는 것을 결코 용납하지 않는다. 설령 내가 가는 그곳이 와이파이가 터지지 않는 아마존 숲 한복판이라거나 혹은 아프리카 사막 한가운데라도 마찬가지.

정말 운이 좋게 개인의 자유로운 여가시간을 보장해주는 회사를 다니고 있음에도 불구하고, 쉬는 게 쉬는 것 같지 않다고 느껴질 때가 있다. 그렇게 소원하고 소원하던 일상탈출을 눈앞에 두고도 무슨 미련이 남았는지 마지막 닻줄 하나는 굳이 끊지 않고 남겨놓는다. 그 남아 있는 연결고리를 통해 내가 얼마나 좋은 곳에 왔는지 얼마나 맛있는 음식을 먹고 있는지, 얼마나 즐거운 시간을 보내고 있는지를 보고한다. 아무도 강요한 적 없지만 왠지 그래야 할 것만 같은 느낌이다. 아, 생각해보니 이유가 있다. 나도 수시로 다른 사람들의 보고를 받아왔다. 각종 해시태그에 멋들어지게 찍힌 증거 사진까지 첨부된 그 보고서를 보는 내내 얼마나 부러웠던가. 그렇게 서로 요구하지도 않은 보고를 자청해서 주고받는다. 형식만 조금 다를 뿐, 모두가 휴가를 와서도 일을 손에서 놓지 않는다. 그 사이에 온전한 휴식은 없다. 쉬면 쉴수록 어째 더 피곤한 느낌이다.

불교에 무문관無門關 수행이라는 것이 있다. 일정한 기간 동안 밀폐된 공간에서 묵언수행을 하는데, 음식을 넣을 작은 구멍만 남겨두고 밖에서 문을 걸어 잠그기 때문에 붙여진 이름이다. 스님들은 짧게는 몇 달에서 길게는 몇 년까지, 진리를 터득하고자 스스로를 가둔다. 이는 철저히 외부와 단절된 공간에서 잡념을 떨치고 끊임없이 자신과 사투하며 내 안에 숨어 있는 답을 찾아내는 고된 깨달음의 과정이랄까.

보통의 사람들에게 무문관은 마치 감옥을 떠오르게 한다. 아니, 어쩌면 감옥보다 더 무섭고 고독한 공간일지도 모른다. 아무것도 없는 빈방에서 기본적인 생리현상만을 해결하며 그저 생각에 생각을 거듭하는 시간의 연속, 할 수 있는 일이라고는 스스로를 들여다보는 것뿐이니. 그러나 스님들은 말한다. 진짜 감옥은 무문관 밖이라고. 우리가 살고 있는 세상이야말로 집착과 혐오로 가득 찬 감옥이라고. 타인의 눈치를 보며 자신이 처한 상황에 그저 끌려다니는 삶, 그것이야말로 감옥에 갇힌 자의 삶이 아니면 무엇이겠느냐고.

일상이라 생각했던 모든 것들이 어쩌면 감옥 안에서의 수감 생활이었는지도 모르겠다. 우리는 감옥에 갇혀 있으면서 그것을 인지하지 못하는 것이다. 이 거대하고 똑똑한 감옥은 죄수와 간수의 구분도 없이 24시간을 얽히고설켜 쉬지 않고 돌아간다. 누가 시키지 않아도 켜진 휴대폰을 머리맡에 두고 쪽잠 자듯 반쯤 깨어 있는 상태로 잠을 청하는 기이한 사람들. 그리고 그런 사람들이 서로 눈치를 보며 서로를 감시하는 사회. 도대체 휴대폰을 끌 수 있는 시간은 언제인가. 휴대폰을 끌 수 있는 권리가 나에게 있기는 한 걸까. 휴대폰의 전원조차도 온전히 내 의지대로 켜고 끌 수가 없다면, 그것이 감옥에 갇힌 것과 무엇이 다를까. 어쨌든 누군가의 감시하에 살아가는 것은 마찬가지인데. 사방이 가로막힌 공간만이 감옥은 아니다. 끊임없이 알람을 울려대는 네모난 족쇄가 늘 옆에 있다면, 내가 어디에 있든 그곳이 바로 감옥이 되겠지.

휴대폰 배터리도 가끔은 완전히 껐다 켜야
제대로 작동하는 것처럼
사람도 세상과 차단된 시간 속에서
오롯이 혼자가 되는 그때,
한 뼘 더 성장하는 법.

나이마다 요구되는 자격들이 있어. 그건 연봉이 얼마인지, 타고 다니는 차가 무엇인지, 살고 있는 집이 전세인지 매매인지, 기혼인지 미혼인지, 자식이 몇 살인지, 하는 것들이 아니라 소위 인품人品이라 일컬어지는 추상적인 가치들을 의미해. 나잇값이니, 어른값이니 하는 단어가 분명히 존재하는 만큼 우리는 모두 각자의 나이에 대해 책임감을 가질 필요가 있어. 현재의 내가 머물러 있는 나이는, 어쩌면 나를 대변하는 또 하나의 직업이니까.

우리는 모두 투잡 중.

백수인 당신도, 어쨌든 원잡 중.

어둠을 끌어다 발끝을 덮다

작은 불이라도 켜져 있으면 잠을 못 잘 정도로 나는 환한 걸 싫어한다. 자취를 했을 때도 한 달 전기 요금이 5,000원을 채 넘지 않았다. 안 그래도 작은 방에, 퇴근하고 돌아오면 스탠드 하나만 달랑 켜놓고 살았으니 어쩌면 당연한 일이었다. 커피를 한 잔 마시러 가도 눈부신 화이트 톤의 모던한 카페보다는 어두운 조명이 깔린 앤틱한 분위기의 카페를 선호한다. 음악도 우울함이 뚝뚝 묻어나는 어딘가 시린 멜로디에 마음이 동하고. 거기에 더해진 슬픈 노랫말은 나의 카타르시스를 이끌어내는 최고의 궁합. 성선설보다는 성악설을 믿는다. 사랑에는 끝이 있지만 욕망에는 끝이 없다고 믿는다.

한때 긍정에 관한 자기계발서에 한창 빠져 있었다. 꿈은 이루어진다, 당신이 상상하는 모든 것이 현실이 된다, 라는 식의 긍정 강박 서적들. 그들의 말대로 간절히 바라고 또 바랐건만 이루어지는 것은 생각보다 많지 않았다. 차라리, 세상엔 아무리 노력해도 안 되는 것들도 있다고 솔직하게 말해주는 편이 더 고마웠다. 불필요한 감정 소모를 줄이기에 그만한 위로는 없었으니까.

좋아하는 일, 하고 싶은 일만 하며 살겠다고 다짐한 것도 결코 '다 잘 될 거야'라는 긍정적인 생각이 이유는 아니었다. 오히려 염세적이기 때문이었을지도. 언제 죽을지 모르는 인생, 이왕이면 하고 싶은 거 하다 죽자. 일종의 자포자기 같은 심정이랄까.

나는 어렸을 때 내성적인 편이었다. 우리나라에서 내성적인 성격으로 산다는 것은 생각보다 피곤한 일이다. 학교 생활기록부나 자기소개서에 성격의 장단점을 쓸 때도 장점에는 사교적, 외향적 같은 단어들이 너무나 당연하게 들어가는 반면, 단점에는 내성적, 소극적, 말이 없음 등의 표현이 꼭 들어간다. 사교적이고 외향적인 성격이 모든 사람의 지향점이 되는 세상에서 내성적인 성격은 그저 극복해야 하는 단점에 불과했다. 나는 늘 눈치를 봤다. 어른들 앞에서는 활발한 척 재롱을 부리고, 선생님들에게 좋은 평가를 받기 위해서 발표도 많이 하고 친구들과도 언제나 사이좋게 지냈다. 어설픈 내 연기가 그들이 보기에 특별히 거슬리는 부분은 없었던지 나는 사람들이 흔히 말하는 '성격 좋은' 아이로 각인될 수 있었다.

하지만 아무리 노력해도 타고난 성향은 바뀌지 않았다. 그래서일까. 마냥 밝고 긍정적인 사람과 친해지는 것은 서른이 된 지금도 여전히 어렵다. 여느 흔한 드라마처럼 그들은 사랑받는 착한 주인공이고 나는 주인공 옆에 못된 짓만 골라 하는 악역같이 느껴져서, 그 알량한 자격지심이 스스로를 불편하게 했다.

불 꺼진 방 한 구석에서 펑펑 울었던 어느 날, 그 자기연민의 극치에서 오히려 위로를 받았다. 추한 내 모습을 아무도 볼 수 없다는 자각에서 기인하는, 어둠이 주는 묘한 안락함과 포근함. 그 이상의 구원이 어디 있을까. 그때부터였을 것이다. 진심으로 웃을 수 없다면 차라리 솔직하게 우는 걸 택하겠다고 마음먹은 건. 웃어서 행복한 것이 아니라, 웃고 싶을 때 웃고 울고 싶을 때 우는 것이 진짜 축복임을 깨닫게 된 건.

빛은 내게 구원이 아니었다. 낮에는 별이 보이지 않는 것처럼, 환하면 환할수록 내 안의 별들은 하나둘 자취를 감췄다. 나는 아직 문 밖으로 나설 준비가 되지 않은, 방구석에 쪼그리고 앉아 있는 어린아이에 불과

했으니까. 억지로 손을 붙잡고 끌어내려 하면 할수록 아이는 점점 더 깊은 어둠 속으로 몸을 숨겼다.

스탠드 하나만 켜놓고 책을 읽어도 눈이 나빠지지 않으면 좋겠다고 생각했다. 우리가 함께 있을 때, 내가 말이 없어도 그 침묵을 무겁게 느끼지 않았으면 좋겠다고 생각했다. 대답하고 싶지 않은 것에 대해 굳이 캐묻지 말아주었으면 좋겠다고 생각했다. 누군가가 울고 있으면, 그가 자신에게 내려진 무게 있는 축복을 그저 온전히 받을 수 있도록 내버려두었으면 좋겠다고 생각했다. 슬픔이 멸시받지 않고, 명쾌하게 설명하기 어려운 혼탁한 감정들의 존재도 있는 그대로 인정받을 수 있기를. 그러면 좋겠다고 생각했다.

내가 너를 그늘지게 하지 않는 것처럼 너도 나의 어둠을 지켜줄래. 굳이 환한 빛으로 날 눈부시게 하지 말고, 내 어둠을 걷어내려 하지도 말고. 내 안의 별들이 더 반짝일 수 있도록. 나는 지금 이대로가 좋으니, 유일한 안식을 거두어가지 말아줘. 그것이 네가 나에게 줄 수 있는 최고의 구원이자 축복이니까.

내가 너에게 그랬듯이,
내가 너에게 그러지 않았듯이.

서른도 어른은 아니었음을

조금 웃긴 얘기이긴 한데, 나와 고작 한 두 살 차이임에도 불구하고 자신의 차를 모는 사람들을 볼 때면 괜한 어른스러움을 느낀다. 차의 종류와는 상관없이 바퀴를 달고 굴러가는 모든 것이 그랬다. 얼마 전 육아휴직을 끝내고 복직을 앞둔 지인이, 자신에게 주는 선물이라며 대출을 받아 고가의 차를 구입하는 것을 보고 존경심이 들 정도였으니까. 살면서 아직까지 그 정도로 큰 지출을 해보지 못한 나로서는, 차를 구입하는 행위 자체가 어른이 되었다는 또 하나의 증명서 같았다.

나는 스물셋에 면허를 땄다. 여름방학의 안식과 맞바꾼 소중한 면허증을 처음 손에 쥔 날, 얄궂게도 엄마는 집에 딱 한 대 있던 차를 팔았다. 이제 겨우 어른스러움에 한 발짝 다가가나 했더니, 아무래도 난 뚜벅이 팔잔가. 아쉬움은 남았지만 새삼스레 불편할 건 없었다. 다들 이렇게 장롱면허가 된 거구나.

다만 연애에 있어서는 좀 달랐다. 나는 뚜벅이면서 상대방은 차가 있길 바라는 건, 스스로도 양심 없는 태도라고 생각했으니까. 멀쩡한 두 다리가 있으니 대부분의 데이트는 걷거나 대중교통을 이용했고, 어쩔 수 없이 막차를 놓쳤을 때만 눈물을 머금고 택시를 탔다. 이따금 남자 친구가 아빠 차를 끌고 나오는 날은 기념일처럼 특별한 날이었다. 처음으로 차 있는 남자 친구를 만났을 때였다. 시간과 거리에 구애받지 않고 하는 데이트는 정말이지 신세계였다. 막차 시간을 신경 쓰지 않아도 되었고, 금요일 밤이면 충동적으로 바다를 보러 갈 수도 있었으니까. 그중에서도 최고의 장점은, 좋아하는 하이힐을 발 아플 걱정 없이 마음놓고 신어도 된다는 것.

분위기에 잔뜩 취했던 어느 날이었다. 대중교통은

이미 끊긴 시간, 내 취향에 맞추어 그가 선곡한 음악을 들으며 인적 없는 도로를 달렸다. 적당히 불어오는 바람이 정성스럽게 말린 머리카락을 흩뜨려놓는 것조차 낭만적이던 그 밤, 오로지 둘뿐이었던 아늑한 적막. 목적지는 없었다. 그저 바퀴가 굴러 가는 대로, 달조차도 보이지 않는 까만 하늘을 향해 우리는 천천히 시간을 건넜다. 세상이 온통 검은색으로 칠해진 탓에, 달리는 것이 오히려 걷는 것보다 느리게 느껴지는 이상한 밤이었다.

문득 창밖으로 시선을 돌렸다. 가로등 불빛들이 꼬리를 남기며 사라져갔다. 그 모습을 멍하니 바라보고 있으니, 마치 나만 다른 차원의 세계로 빨려 들어가는 것 같았다. 갑자기 외로움이 엄습해왔다. 이대로 영원히 혼자가 돼버리는 건 아닐까, 괜한 걱정에 소름이 돋았다. 뻑뻑해진 고개를 겨우 반대쪽으로 돌렸다. 운전 중인 그의 옆모습이 시야에 들어오자 그제야 조금 안심이 된다. 손을 잡고 싶었지만 그의 오른손이 핸들에 얹어져 있었기에 그건 불가능했다. 내 시선이 느껴졌을 법도 한데 그는 나를 보지 않았다. 나도, 그도, 우리는 서로 아무 말도 하지 않았다.

너는 지금 무슨 생각을 하고 있을까.

차 안이라는 공간은 참 아이러니하다. 같이 있으면서도 철저히 혼자다. 빠르게 지나쳐가는 바깥 풍경과 달리 차 안의 풍경은 변화가 없다. 밀폐된 공간은 시간이 멈춘 듯 고요해서 마치 상대의 방에 몰래 들어온 것 같은 은밀함을 선사한다. 그래서인지 잘 모르는 사람과는 단둘이 있기 힘든 공간. 어쩌면 연인들에게는 가장 솔직해지는 공간.

차에 타기 전 테이크아웃 해온 커피를 손에 쥐었다. 식어가는 커피의 미지근함이 온몸으로 전해졌다. 그게 유독 서늘하게 느껴져서, 나는 한 모금 마시려던 생각을 거두고 컵을 내려놓았다. 아무것도 들지 않은 내 차가운 손 위로 그의 따뜻한 손이 포개졌다.

헤어진 남자친구가 결혼했다는 소식을 듣는 게 이상하지 않을 나이가 되었다. 그럼에도 나는 여전히 뚜벅이지만. 아직은 차를 살 만한 특별한 이유도, 능력도 없다. 다행히 차가 없어도 불편하지 않은 것처럼, 이제는 혼자인 것에도 익숙해졌다. 다만 가끔 그리운 것은, 서로 말이 없어도 어색하지 않았던 그날의 온도.

모든 것이 아귀가 맞지 않았다.

차 안과 창밖의 시간은 다르게 흘렀고

아무리 달려도

우리는 그 어디에도 도착할 수 없었다.

너와 달리, 나는 아직 어른이 되지 못했다.

왜 이렇게 조급해하니?

도통 잠을 설치던 어느 새벽이었다. 몇 시간 뒤면 출근해야 하는데 이상하리만치 눈이 말똥말똥한 날. 그렇다고 굳이 몸을 일으키고 싶지는 않아서 그냥 똑바로 누운 채 멍하니 천장만 바라보고 있었다. 지잉. 갑자기 머리맡이 밝아지는 듯싶더니 이내 휴대폰에서 진동이 느껴졌다. 이 시간에 누구야 대체. 억지로라도 의식을 잃어보려는 나의 노력이 방해를 받은 것 같아 내심 짜증이 났던 건지, 나도 모르게 미간을 찌푸리며 휴대폰을 집어 들었다.

발신인은 뜻밖의 인물이었다. 1년에 두세 번꼴로 만나는 모임에서 알게 된 동생인데, 만약에 누가 나더러 그에게 이 시간에 연락을 해보라고 한다면 차마 못할, 약간은 애매한 사이. 고맙게도(?) 그녀는 그렇게 생각하지 않았나 보다. 일단은 답장을 보냈다. 그랬더니 기다렸다는 듯 바로 전화가 걸려온다. 단체 채팅방 외에는 따로 연락한 적이 한 번도 없어서 어색한데 어쩌지. 받을지 말지 잠시 망설이던 나는 에라 모르겠다, 오늘 잠은 다 잤구나 하는 심정으로 수신 버튼을 눌렀다.

— 언니, 아직 안 잤네요?

— 안 자니까 전화를 받았겠지. 근데 이 시간에 무슨 일이야, 사람 놀라게.

— 미안해요, 그런데 너무 속이 답답해서….

그녀는 조심스럽게 말을 꺼냈다.

— 남자 친구가 회식 간다더니 이 시간까지 연락이 안 돼요.

그녀의 고민은 이랬다. 동갑인 남자 친구가 있는데,

둘 다 계약직이었다가 우연한 기회로 이번에 남자친구가 정규직이 되었단다. 그런데 그 이후로 눈에 띌 정도로 태도가 변한 남자 친구 때문에 요새 너무 힘들다는 것. 지금도 연락이 되질 않아 뜬눈으로 밤을 새우다, 예의가 아닌 줄 알면서도 나에게 연락을 했다고 한다. 왠지 자기 얘기를 잘 들어줄 것 같았다나 뭐라나.

너 사람 좀 볼 줄 아는구나? 어릴 때부터 친구들의 연애 상담을 곧잘 해주던 나는 친구들 사이에선 꽤나 잘나가는 연애 카운슬러였다. 내 상담 노하우는 듣기만 하고 결론을 내려주지 않는 것. 무엇이 문제인지는 이미 스스로가 더 잘 알고 있으니까. 그들은 다만 자신의 생각이 틀리지 않았다는 확신이 필요할 뿐이었다. 여기서 솔직하게 하나 얘기하자면, 그때 당시의 나는 연애를 글로 배운 사람이라는 거. 그걸 알면서도 상담을 청해온 친구들은 대체 왜 그랬을까 싶지만 하여튼,

그랬다. 근데 너, 이 언니가 잘나가던 카운슬러인 건 딱 알아봤으면서, 남자 보는 눈은 왜 그러니.

그녀의 말로는, 이러다 남자친구가 헤어지자고 할까 봐 무섭단다. 자기가 벌써 스물아홉인데 지금 이 사람을 놓치면 결혼은 물 건너가는 게 아니냐며. 잠깐, 쓰다 보니 또 감정이 격해진다. 스물아홉이 어때서! 서른인 나도, 서른이 훌쩍 넘은 언니들도, 마흔이 넘은 미혼들도 다들 잘 사는데, 대체 그 나이가 어디가 어떻다고 청승이야, 청승이.

싫다는 사람을 굳이 붙잡는 성격은 아니다 보니 상대가 먼저 헤어짐을 통보하는 이별은 오히려 극복하기가 쉬웠다. 며칠 울고 나면 그만이니까. 그렇게 웬만한 이별에는 덤덤해진 나도 연애가 끝나면 세상이 무너지는 기분이 들던 시절이 분명 있었기에 그녀가 느끼는 두려움도 짐작이 갔다.

곧 있으면 앞자리 숫자가 바뀐다는 생각에 더 그랬겠지.

그래, 실은 나조차도 나이에 쫓기듯 사는 느낌을 지우기가 힘들어. 스물여섯이면 번듯한 직업 하나쯤 가지고 있어야 하고, 스물여덟쯤엔 결혼을 하고, 서른쯤 됐으면 아이를 낳아야 한다는데. 그렇게 정신없이 휘몰아치는 주변의 상황에 떠밀리듯 흘러가다 보면, '왜 이래야 하지?'라는 의심을 품을 틈도 없더라. 어쩌면 내 삶을 쥐고 흔드는 건 내가 아니라 내 나이일지도 몰라. 자기가 마치 비선 실세라도 되는 듯 뒤에서 이래라저래라.

지인들을 보면 한 가지 특징이 있다. 주변에 결혼한

친구가 많을수록 결혼에 대해 조급해한다는 것. 결혼한 친구가 별로 없으면 오히려 압박감을 덜 느낀다. 내가 결혼 생각이 없는 건, 후자의 이유도 꽤 큰 비중을 차지했다. 아, 신혼여행 가는 건 부럽다. 직장인들이 다른 사람 눈치 안 보고 떳떳하게 자리를 비워도 되는 유일한 장기 휴가. 얼마나 좋을까.

교과서처럼 뻔하지만, 그녀에게 해줄 말은 이것뿐이었다. 결혼하면 땡이냐고. 결혼만 하면 네가 하는 고민이 다 사라질 거라 생각한다면, 아주 큰 착각이라고. 그 남자애는 그것밖에 안 되는 앤데 네가 거기 목매서 얻는 게 뭐냐고. 서른 넘으면 남자 못 만날까 봐? 야, 너보다 나이 많은 사람들도 잘만 만나고 다녀. 남자 만나는 건 나이의 문제가 아니라니까? 물론 나이를 문제 삼는 남자도 있겠지만, 그건 묻지도 따지지도 말고 거르면 그만인 거고. 너, 그런 애 믿고 남은 60년 인생 어떻게 살래? 아니, 같이 살고는 싶냐?

이름도 얼굴도 모르는 남자에게 화가 날 이유는 없었다. 다만 겨우 그 정도 일에 겁먹고 벌벌 떠는 동생이 안타까워 말투가 격앙됐다. 예전 내 모습이 겹쳐 보여 괜스레 더 그랬을까. 너는 지금쯤 초조하고 불안한 마음에 침대에 편히 눕지도 못하고, 뜬눈으로 이 긴긴 밤을 지새우고 있겠지. 차라리 얼른 잠이라도 들면 다행인데 말야. 이 와중에도 너의 시간은, 정말 더럽게도 안 갈 테니까.

그에게 혹시 사고라도 생긴 건 아닐까, 따위의 아주 희박한 가능성으로 그녀를 위로하고 싶지는 않았다. 만약에 그런 거라면 어떻게든, 누구를 통해서든 연락이 올 것이다. 술자리에 간 사람이 연락이 안 되는 건 대부분 이미 정신을 잃을 정도로 만취했다거나 차마 연락을 받을 수 없는 곳에 있다는 뜻. 설령 사고가 났다 한들 그건 교통사고나 범죄 같은 게 아니라 '술 먹고 친 사고'의 개념일 것이다. 매번 아닐 거라 믿어보려 해도, 다음 날 모든 사실관계를 파악하고 난 뒤 돌아온 건 늘 주체하기 어려울 정도의 분노와 배신감뿐이었다는 걸, 차마 그녀에게는 말하지 못했다.

나는 그녀를 다독이며 억지로라도 잠을 청해보라고 했다. 그녀의 남자 친구는 아마 아침이나 돼서야 미적미적 연락을 해올 것이다. 아, 상상만 해도 스트레스. 그걸 생으로 기다리느니 잠시 눈이라도 붙이는 게 차라리 더 이득이니까. 먹는 것보다 잠을 더 좋아하는 나에게도 불면증에 시달리던 날들이, 그래서 생전 먹어본 적 없는 수면유도제의 도움까지 받아가며 겨우겨우 잠을 청하던 때가 있었다. 이 남자를 만나면 평생을 그렇게 살아야 할지도 모른다고 생각하니 있던 정도 뚝 떨어지던 나와 달리, 넌 그래도 아직 그를 많이 사랑하나 보다.

전화를 끊고도 한참을 뒤척였다. 잊은 줄 알았던 그 때의 기억이 떠올라 좀처럼 잠을 이룰 수 없었다.

오랜만에, 지독한 불면증에 시달린 밤이었다.

인연이 끝났음을 인정하던 날

누군가의 이야기가 때로는 나를 다시 그때 그 시절로 끌고 들어가기도 했다. 너와 다시는 전과 같아질 수 없다는 생각에 온통 괴로워하던 시간이 있었다. 얼마간의 시간이 지나 그 고통에도 무뎌졌을 때, 인연이 아니었던 거야, 하며 내 마음속에서 너를 풀어주었다. 너의 잘못과 나의 잘못을 부러 따지지 않고 인연이 아니었다는 말로 간단히 그 끈질긴 연애의 장을 덮을 수 있게 된 나를 발견한 날이었다.

나는 너를 만나기 전보다 조금 더 어른이 되어 있었다.

유일하게 욕심냈던 너마저 놓아버렸으니 나에겐 이제 아무것도 남아 있지 않아. 넘치는 곳에서 비어 있는 곳으로 흐르는 것이 세상의 순리라면 너의 빈자리 또한 무엇으로든, 어떻게든 채워지겠지만….

라디오에서 우연히 듣게 된 사연 두 개.

요가학원 끝나고 집에 가는 길에 빵 사 드신다는
우리 엄마 또래의 중년 여성분.
전날 야식으로 족발 먹고 그다음 날
다이어트 한약 결제하신 내 또래 여성분.

누가 내 얘길 대신 써서 보낸 줄.
우리 모두 얼만큼은 비슷하게 살고 있는 걸까요?
그 무수한 고민들이 나만의 것은 아닌 걸 보면.

운명 따위 믿지 않아

인생은 B(irth)와 D(eath) 사이의 C(hoice)다. 사르트르의 말이다. 이것만큼 인생의 본질을 정확하게 꿰뚫은 말이 또 있을까. 고작 30년 된 내 인생조차도, 결코 가볍지 않은 온갖 잡다한 선택들의 범벅이었으니. 덕지덕지 묻은 후회를 채 닦아내지 못해서 이제는 그 무게를 감당하는 것조차 버겁다. 인생이란 게 원래 그렇게 선택하고, 책임지고의 반복을 원동력 삼아 굴러간다지만, 어릴 때보다 선택의 폭이 넓어진 지금이 오히려 더 자유롭지 못한 느낌이 드는 건 왜일까.

그래서인가 보다. 선택의 순간에는 언제나 망설임도 함께 찾아오는 이유가. 주어진 권리를 행사하는 즐거움보다는 선택하지 않는 대신 책임도 회피할 수 있는 홀가분함을 느끼고 싶다는 것. 하다못해 당장 오늘 점심은 뭘 먹을지조차도 인생의 큰 고민이니까. 내가 고른 메뉴가 맛이 있느니, 없느니 하는 회사 선배의 자잘한 잔소리에는 이미 이골이 났다. 어디 그것뿐이랴. 어설프게 친한 직장 동료 결혼식에 축의금은 얼마를 내야 할지, 술김에 덜컥 시작해버린 연애의 뒷수습은 어떻게 해야 할지, 새로 나온 노트북을 지를지 말지, 다이어트를 시작해야 하는데 언제부터 할 건지 등등. 이따금 내가 눈 딱 감고 저지른 사고에 대해 셀프 뒷감당을 몇 번 하다 보면 내가 이러려고 그때 그 난리를 쳤나, 하는 자괴감과 함께 어느 순간부터는 선택의 상황이 오는 것이 두려워진다. 나, 아무래도 선택에는 소질이 없는 걸까. 응, 맞아. 무언가를 책임진다는 건 누구에게나 부담스러울 수밖에 없는 일이거든.

2년을 조금 넘게 만난 남자친구가 있었다.

태어나 처음으로 사계절이 넘는 연애를 하면서 만약 결혼을 한다면 이 사람과 하겠구나, 라고 자연스럽게 생각했다. 남들처럼 평범한 연애였다. 좋을 때만큼이나 우여곡절도 많은 그런 연애. 한번 싸웠다 하면 거의 전쟁을 치르는 수준이었지만, 지난한 전쟁의 끝은 언제나 용서와 화해였다. 같은 일로 몇 번을 싸워도 마찬가지. 한 번만 더 그러면 헤어질 거야, 엄포를 놓아도 막상 그 '한 번만 더'의 상황이 닥치면 생각만큼 모질어지지 못했다. 헤어지거나 용서하거나. 사실 선택지는 두 개뿐인데, 헤어지는 건 감정의 소모도 크고 절차가 복잡하니 웬만한 잘못은 용서하는 것으로 적당히 넘어갔다. 사소한 문제들은 조금만 참으면 크게 번지지 않았기 때문에 그렇게 적당한 연애 기간을 거친 우리는 결혼하기 적당한 나이가 되어, 적당한 시기에 결혼 날짜를 알아보고 양가 부모님을 뵈었다. 흐르는 물에 힘을 빼고 가만히 누워 있으면 저절로 몸이 떠가는 것처럼, 특별한 노력 없이도 나는 곧 누군가의 아내, 누군가의 며느리가 될 예정이었다.

결혼식을 두 달 앞두고 결국 헤어짐을 선택했다. 이해하기 어려운 혼란스러운 상황 속에서, 나는 멈추는 것보다 구르는 일이 더 견디기 힘들었다. 오로지 나만을 위한 결정이었다. 어쩌면 나를 제외한 주변 사람들에게는 상처가 되었을 선택. 설령 후회하는 순간이 찾아온다 해도, 다른 누군가를 원망하고 싶지는 않았기에 나는 그렇게 악역을 자처했다. 이기적이면서도, 한편으로는 이타적인 선택이었다. 후회해도 어쩔 수 없는 일이다. 오늘을 살면서 내일의 감정까지 짐작하기란 불가능하니까.

스물여덟의 그 치기 어린 선택이 내 삶을 대단하게 바꿔주었느냐 묻는다면, 전혀 아니라고 대답하겠다.

오히려 다른 길을 걸었더라면, 적어도 남들의 눈에는 서른 살로서 특별한 하자가 없다고 판단되는 인생을 살았을지도 모르니까. 그게 중요한가? 아무리 멋진 옷이라도, 나에게 안 맞으면 불편한 법인데.

타인의 눈금으로 재단된 인생은 너무 타이트했다. 안 맞는 옷에 꾸역꾸역 몸을 끼워 넣을 필요가 있을까. 심지어 내 눈엔 예쁘지도 않은데. 그건 마치 어느 유명 디자이너의 패션쇼에서 런웨이 모델이 입은 난해한 드레스를 봤을 때의 느낌이었다. 전문가들은 예술 작품이라고 하는데 나는 전혀 모르겠는 그런 거.

그래서 생각했다. 내 삶이 입게 될 옷은 조금 삐뚤빼뚤하고 어설프더라도 반드시 직접 짓겠다고. 내가 원하는 색의 천을 골라 원하는 디자인으로 자르고 꿰매가면서, 어떤 모양의 단추를 몇 개 붙일지 고민하는 것도 온전히 나의 몫인 거지. 누군가가 이건 요즘 유행과는 맞지 않다며 조언을 가장한 참견을 늘어놓아도 아마 한 귀로 듣고 한 귀로 흘려버릴 거야. 사실 어떤 작품이 나올지는 디자이너인 나조차 전혀 감이 안 오긴 하지만, 팔려고 만드는 거 아니고 나 혼자 입을 건데 뭐 어때. 다만 스스로의 의지대로 무언가를 결정한다는 건 나에게 허락된 유일한 자유라서, 그걸 포기하고 싶지 않을 뿐이야.

정답은 없어. 선택을 후회하는 날도 있겠지. 늘 설레면서도 가끔은 불안해. 매번 두렵지만 그래도 가슴이 뛰는 걸. 어차피 걱정 없는 인생은 없어. 걱정을 걱정하는 것만큼 무의미한 일도 없고. 고민한다고 해결되는 일들이, 살면서 얼마나 있었을까.

만약에 누군가 내 운명에 대해 말한다면 나는 그중에서 좋은 얘기만 골라 들을 거야. 나머지는 내가 알아서 선택하면 되니까. 혹시 후회할 선택을 했다 하더라도 너무 걱정할 필요 없어. 기회는 아직 많이 남았거든.
운명 말고, 선택의 기회 말이야.

내 마음이 기대는 곳

"나, 오늘 너무 힘들었어."

하루 종일 상사에게 깨지고 친구의 과한 오지랖에 은근하게 올라온 짜증. 거기에 더해 권태기가 찾아온 남자 친구와 말다툼까지 한 날. 딸내미 걱정이 취미이자 특기인 엄마에겐 말도 못하고 그저 터덜터덜, 아무도 없는 집으로 발걸음을 옮긴다.

아, 있는 둥 없는 둥 같이 사는 룸메이트가 하나 있었지. 현관문을 열고 들어가니 어느새 신발장 앞까지 마중을 나와 있다. 초롱초롱, 날 향해 있는 까만 눈동자와 살랑살랑 흔들리는 꼬리. 뭐야, 왜 이렇게 늦었어? 한참 기다렸잖아.

귀 대신 눈을 통해 전해진 그 귀여운 투정에 우울했던 기분이 잠시 옆으로 비켜섰다. 굳어 있던 얼굴이 풀리면서 사르르 입꼬리가 올라간다. 그대로 현관 앞에 주저앉은 채 날 웃게 만든 친구에게 오늘 있었던 일들을 미주알고주알 털어놓았다. 이거 비밀이니까 너만 알고 있어, 알았지? 입이 무거운 룸메이트는 마치 내 말을 이해하기라도 하듯 뺨을 한 번 핥아주었고 우리는 서로를 바라보며 한참을 그렇게 아무 말이 없었다.

혼자 삭이자니 너무 분하고, 누군가에게 털어놓기에는 조금 자존심 상하는 일들이 이따금씩 생길 때, 내가 먼저 찾는 건 그 누구도 아닌 너였다. 그렇다면 나는 너의 이야기를 제대로 들어준 적이 한 번이라도 있었을까. 생각해보니 되게 염치없네. 너는 쓸데없는 내 푸념을 단 한 번도 귀찮은 기색 없이 묵묵히도 들어주었는데 말야. 서른 살, 늦은 사춘기를 겪고 있던 나에게 너는 가장 큰 위로였다.

관계에 지치고 사람에 상처 입은 이들에게 반려동물은 존재 자체만으로도 위안이 된다. 그들은 사람의 마음을 치유하는 법을 아주 잘 알고 있다. 그저 자신의 곁을 내어주며 온기를 나누는 그 작은 생명체만의 소박한 위로는 어느 누군가의 감동적인 말보다도 진실되고 따스하다. 적어도 그들은 괜찮아, 다 잘될 거야, 라는 식의 입에 발린 말 따위는 하지 않으니까. 억지로 기운을 북돋거나 희망을 불어넣지도 않는 대신 이렇게 말한다. 너는 지금 그대로도 충분히 사랑스러워. 축 처진 어깨에 초라하게 주저앉은 모습을 하고 있어도 나에게는 네가 그 누구보다 멋지고 소중한 존재인걸. 넌 내 세상의 전부니까.

개를 키운다는 표현은 굳이 쓰고 싶지 않았다. 때로는 네가 날 돌봐주었으니. 우리는 그저 함께 사는 친구일 뿐이고, 나름의 방식대로 살아가는 독립된 존재이니까. 다만, 너의 수명이 나와는 비교도 안 되게 짧다는 것이 안타까울 따름이야. 참, 그 이유에 대해 언젠가 짤막한 글을 읽은 적이 있는데, 그게 사실이라면 나는 네가 먼저 나를 떠나야 한다는 감당하기 어려운 현실을 묵묵히 받아들일 수도 있겠다고 생각했어. 왜냐하면 너는 다른 이들을 배려하고 사랑을 주고받는 법을 이미 다 알고 있기 때문에 수명이 짧은 거라고 했거든. 인간은 남을 배려하고 사랑하는 법을 배우는 데 긴 시간이 걸리지만, 너는 그렇지 않기 때문에 인간처럼 오래 살지 않아도 되는 거라고. 어느 여섯 살짜리 꼬마가 자신이 태어나는 순간부터 함께해온 평생의 친구를 떠나보내면서 그렇게 말했대.

나는 너와의 이별을 덤덤히 받아들일 수 있을까.
글쎄, 아직은 자신이 없다.

언젠가 하늘과 땅이 오색빛으로 이어지는 날이 오면,

다시 널 만날 수 있겠지. 너의 기다림이 너무 길어지지 않도록 내 마지막 날에는 비가 내렸으면 좋겠다. 네가 나를 마중 나오는 길이 어둡지 않도록 그 어느 때보다 선명한 무지개가 피어나길.

잘 지냈지? 오랜만이야.

너무 늦어서 미안해.

……보고 싶었어, 정말 많이.

너무 빨리 어른이 될 필요는 없으니까

"니 나이에 여길 왜 와! 볼 것도 없으니 당장 돌아가!"

스물두 살쯤이었나. 친구가 용하다는 무당집을 알아냈다고 해서 호기심에 점을 보러 간 적이 있었다. 타로카드니 사주니 보러 다닌 적은 많았지만 신점은 처음이라 몇 주 전부터 예약을 하고 거금 5만 원을 빳빳한 새 돈으로 찾아 경건한 마음으로 봉투 안에 고이 모셔 갔다. 그런데, 정말 서럽게도 들어가자마자 소박맞듯 쫓겨 나왔다. 무당이 우리를 내쫓은 이유는 '너무 어려서'였다.

태어나 처음 방문한 무속인의 집은 생각보다 평범했다. 마중 나온 인자한 인상의 아주머니를 따라 조심스럽게 집 안에 들어섰다. 왠지 모르게 긴장이 되었는지 몸이 한껏 움츠러들었다. 점을 보기 위해서는 무당이 신을 모시고 있는 방으로 들어가야 했는데, 서로 겁이 나서 먼저 들어가라며 순서를 다투다 결국 내가 먼저 들어갔다. 낮은 탁자 하나를 사이에 두고 무당과 마주 보고 앉았다. 처음 경험하는 어색함에 뭐부터 해야 할지 몰라 우선은 준비한 복채를 쌀더미에 꽂았다. 무당은 나이를 물었다. 스물둘이라고 답하니 그녀는 같잖다는 표정으로 점을 봐줄 수 없다며 단박에 거절했다. 무당의 말에 의하면 신점은 세상 풍파 다 겪은 어른들이나 보러 오는 건데, 너희 같은 애기들이(분명 애기들이라고 했다) 무슨 근심이 있어 왔느냐는 것이었다.

안 그래도 긴장한 상태에서 갑작스레 날아든 호통은 내 정신을 쏙 빼놓았다. 당황한 나는 죄송할 것도 없건만 연신 죄송하다는 말만 남기고 황급히 방을 나왔다. 왜 벌써 나오느냐는 궁금증 가득한 얼굴로 쳐다보는 친구를 눈빛으로 재촉하며 재빨리 그 집을 벗어났다. 아까 마중 나왔던 인상 좋은 아주머니도, 배웅은 딱히

해주지 않았다. 그제야 겨우 한숨 돌리고 친구에게 자초지종을 설명을 하다 보니 스치듯 떠오르는 그것. 아차, 내 5만 원.

지금 생각해보면 무엇이 그리 무섭다고 제대로 대꾸도 못하고 도망치듯 나왔는지, 그 과한 순수함(?)에 어이없는 웃음이 난다. 소중한 5만 원은 그렇게 덧없이 사라졌다. 나를 먼저 들여보낸 친구는 괜한 책임감을 느꼈나 보다. 복채로 준비했던 자신의 5만 원으로 그날 저녁에 무려 패밀리 레스토랑을 쐈다.

깊게 뿌리박힌 그때의 기억으로 다시는 신점을 보지 않았다고 다짐했다. 그 사건 이후의 내 삶도 잡다한 일들로 꽤나 바빴고, 그래서인지 점을 봐야겠다는 생각조차도 잊고 살았다. 불과 몇 주 전, 직장 동료의 소개로 또다시 용하다는 점집 문을 두드리기 전까지는.

"뭐가 궁금해서 왔어?"

딱히 뭐가 궁금하다거나 앞날을 알고 싶다거나 해서 온 건 아니었다. 그저 지금 내가 처해 있는 상황들이 답답했을 뿐이고, 그 답답함을 모르는 사람에게 털어놓고 싶었다.

"…회사를 계속 다녀야 할까요?"

마음과는 달리 멍청한 대답이 나왔다.

"당분간은 회사 열심히 다녀! 너 쥐뿔도 없잖아. 그동안 대책 없이 관두다 여기까지 온 거 아냐."

맞는 말이지만 뻔한 이야기. 여기 오는 대부분의 사람들이 쥐뿔도 없고 답답하니 찾아오는 것일 테니. 아무 걱정거리 없는 사람이 뭣하러 점을 보러 올까. 이런저런 불순물이 섞인 생각들을 하면서도 어느새 내 귀는 그녀의 다음 말을 기다리고 있었다.

"그치만 어차피 회사 다니면서 먹고살 팔자는 아니니 3, 4년 후엔 장사를 한 번 시작해봐."

"네? 장사요?"

"그래."

"장사가 될까요? 요즘 같이 어려운 때에…."

"해봐야 알지. 안 해보곤 모르지."

생뚱맞은 장사 이야기에 잠시 멍을 때리고 있는데, 그녀가 물었다.

"궁금한 게 그게 다야?"

"아, 아뇨. 그냥, 사실, 어떻게 살아야 할지 잘 모르겠어요. 나름 아등바등 열심히 사는데도 뭐 하나 나아지는 것 없이 매일 제자리걸음인 것 같고. 제 나이쯤 되면 다들 결혼도 하고, 벌써 아기를 낳은 친구들도 있는데. 남들처럼 사는 게 맞지 싶다가도, 딱히 결혼 생각이 없어서. 별난 딸인 것 같아 엄마한테도 미안하구요."

두서없이 던진 질문들에 대해 그녀는 뭐라 뭐라 대

답을 해주었지만, 그 내용이 정확하게는 기억나지 않는다. 요약하자면 대충 이 정도였던 것 같다. 어차피 남의 말 잘 듣는 성격도 아니고, 너 알아서 해. 고집은 센데 그나마 다행인 건 잘못된 선택을 하지는 않으니 스스로를 좀 더 믿어봐도 괜찮겠네. 참, 그리고, 엄마한테 말 좀 이쁘게 해라.

순간, 갑자기 눈물이 터졌다. 이야기하는 내내 무언가 갑갑한 마음에 기분이 가라앉아 있기는 했지만 슬픈 감정은 분명 아니었으니까. 그런데 엄마라는 단어가 귀에 꽂히자마자 반사적으로 눈앞이 흐려졌다. 마음 속 깊숙이 쌓여 있던 먹먹함이 뺨을 타고 흘렀다.

엄마가 혼자 너 키우느라 고생 많이 했겠다. 엄만 너밖에 없어. 그녀가 말했다. 손에 들고 있던 휴지로 눈가를 닦으며 나도 모르게 어린애처럼 고개를 주억거렸다. 그래도 잘 컸네. 살면서 샛길로 빠질 유혹도 많았을 텐데. 엄마도 엄마지만, 너도 잘 살아왔다.

차가운 그녀의 목소리에서 온기가 느껴지는 것 같았다. 점[占]이란 것도 어쩌면 심리치료와 같은 상담의 한 종류가 아닐까. 눈물이 멈추고 정신이 돌아오자 문득 그런 생각이 들었다. 남들이 말하는 평범한 인생은 아니지만, 그렇다고 특별히 힘들게 살아오지도 않았다. 누군가는 나에게 너보다 훨씬 더 힘들고 외로운 시간을 보내고 있는 사람들도 많으니 그들의 처지를 빗대면서 감사하게 살라고 했다.

위로의 말이었지만 전혀 위로가 되지 않았다. 그건 나보다 더 힘든 삶을 살고 있는 이들에 대한 실례이기도 했다. 남의 손에 박힌 가시보다 내 손에 박힌 가시가 더 아픈 것처럼 삶의 고통은 크기에 관계없이 아픈 법인데. 그렇게 개인의 고뇌를 그저 엄살로만 취급하는 냉정한 세상에서, 어느 무당의 건조한 위로는 뜻밖의 따뜻함으로 다가왔다.

인사를 하고 거실로 나오니 본인의 순서를 기다리고 있는 사람들이 눈에 들어왔다. 엄마 또래의 혼자 오신 아주머니 한 분과 친구 사이로 보이는 젊은 여자 둘, 중학생쯤 되어 보이는 아들을 데리고 온 부부도 있었다. 맞다, 찾아오는 사람이 많은 유명한 점집이라고 했지. '어떤 무속인이 용하다'라고 하는 것은 앞날의 길흉을 얼마나 잘 맞히는지가 아니라 사람의 마음을 어떻게 잘 어루만져 주느냐에 따라 결정되나 보다. 사람들은 나쁜 이야기보다는 좋은 이야기를 듣고 싶어 하고, 때로는 차가운 직설보다 따뜻한 은유에 용기를 얻기에. 나는 그녀에게 명쾌한 답을 듣지는 못했지만 어떤 마음가짐으로 살아야 할지는 어렴풋이나마 알 것 같았다.

계속 날이 흐리더니 버스를 타자마자 비가 내렸다. 잊고 지냈던 그날의 기억이 떠올랐다. 나를 쫓아냈던 무당은 어쩌면, 너무 빨리 어른이 될 필요는 없다고 말해주고 싶었던 건지도 모르겠다. 지금 그대로도 괜찮으니 인생이란 길을 좀 더 걸어보고, 때로는 지나온 길을 진지하게 되돌아보기도 하고. 그런 후에도 앞이 막막할 때, 그때가 돼서나 한번쯤 문을 두드려보라고 말이다.

그것이 그녀가 스무 살에게 전할 수 있는 가장
따뜻한 위로의 방법이었을지도.
오늘에서야 문득, 그런 생각이 들었다.

무드셀라 증후군

누군가 그랬다. 나빴던 감정은 시간이 흐를수록 희석되고, 수많은 기억 중 결국엔 좋았던 추억만 남는다고. 미움도, 사랑도, 그 어떤 감정도 영원할 수 없으며, 어느 쪽을 고르든 어차피 정답은 존재하지 않는다는 사실을 이해할 수 있다면, 내가 어른이 되었다고 여겨도 될까.

그 순간에는 모두 동그라미를 친 백점짜리 답안지였다 해도, 인간이란 망각의 동물은 한 조각의 미련이라도 기어코 남기고야 만다. 그래서일지도 모르겠다. 녹녹했던 마음이 점점 무뎌져 가는 이유. 영원永遠의 부재를 깨달았기 때문에. 눈에 보이는 것이든 보이지 않는 것이든, 모든 건 시간의 흐름에 따라 끝내 변하고야 마니까.

변하지 않는 건 없다는 것, 그것만이 변하지 않는 진리. 한때는 사랑이 유일무이한 영원이라 믿었다.

확신은 없다. 그때 내 앞에 놓여 있던 두 갈래의 길

중 다른 길을 걸었더라면, 지금의 나는 어디에서 어떻게 존재하고 있을까. 혹은 다른 이들에게 상처를 입히면서까지 모질게 내뱉은 나의 대답이, 그만큼의 가치가 있었던 건지.

간만에 꾼 네 꿈이, 안 그래도 산란한 내 머릿속을 더 어지럽게 만든 유난히도 습한 여름밤이었다.

너의 기억도, 어쩌면 희석되었을까.

여과지 위의 원두 찌꺼기처럼
나쁜 기억은 걸러내고 행복했던 추억만
은은한 커피향처럼 네 마음에 남아 있기를,
그러면 좋겠다.
너를 위해서,
그리고 지금도 여전히 이기적인 나를 위해서.

어쩌면 이 역시 최선이었음을

서로가 서로에게 더 이상 간절하지 않은 존재가 되어버린 것 같다며, 너는 나에게 생각할 시간을 갖자 했지. 나 또한 요즘 들어 네가 말한 것과 비슷한 권태로움을 느끼고 있었기에 망설임 없이 알겠다고 했어. 그게 우리의 마지막이 될 줄은 미처 몰랐는데. 아니, 어쩌면 그렇게 될 수도 있을 거란 사실을 어렴풋이 짐작하면서도 애써 외면했을까.

벌써 몇 달의 시간이 흘렀다. 우리 헤어져 혹은 그만 만나자 같은 그 흔한 마무리 인사도 없이 이토록 흐지부지하게. 바림°질한 그림처럼 엷어져가던 서로의 온기가, 어느 순간 완전히 사라져버리듯 그렇게 허무하게. 가끔은 우리가 정말 헤어진 게 맞는지 헷갈릴 때도

°바림: 색깔을 칠할 때 한쪽을 짙게 하고 다른 쪽으로 갈수록 차츰 엷게 나타나도록 하는 일.≒그러데이션.

있었다. 왜, 언제나 끝은 시작만큼의 의미를 가지지 못하는 걸까.

솔직히 겁이 났다. 먼저 연락을 하면 확인 사살이라도 당하듯 냉정하게 변한 너를 마주하게 될까 봐. 차라리 이도저도 아닌 상태로 두는 것이 상처를 후벼 파는 것보다는 덜 아플 거라 생각했다. 다만 시간이 지날수록 그런 마음이 들었다. 마지막으로 너에 대한 최소한의 예의는 지키고 싶다는 가증스러운 배려심. 소외된 마무리에도 그렇게 미약한 존재감이나마 부여한다면, 약간의 위로는 되지 않을까 싶었다.

변명처럼 들릴 거라는 걸 잘 안다. 이미 양쪽 귀를 전부 막아버린 너에게, 다만 꾸역꾸역 이 두 마디만큼은 꼭 전하고 싶었다. 고마웠고, 미안했다고. 내가 가장 힘들 때 곁에 있어줬던 너인데, 나는 과연 너에게 어떤 사람이었을까. 너에게 난 어떤 인연이었을까.

우린 같은 듯 참 많이 달랐지. 변덕스러운 나와 달리 넌 참 차분했어. 어떤 일에도 동요하는 기색 없이, 마치 해탈의 경지에 이른 사람처럼. 너의 그런 점이 좋았나 봐. 너만 있으면 세상에 무서울 게 없을 것 같았고, 네가 가는 곳은 어디라도 함께하겠다 다짐했지. 기억나? 시카고 가서 세탁소를 차린다고 해도 널 따라가겠다고 했던 말. 그거 진심이었어.

누가 좋고 나쁘고, 옳고 그르고의 문제가 아니라 그저 서로가 원하는 삶의 방향이 달랐을 뿐. 너는 안정을 원했고, 나는 모험을 추구했어. 너는 현실을 직시했고, 나는 이상을 꿈꿨지. 너는 미래를 준비했고, 나는 오늘에만 충실했다. 너는 너를, 그리고 나는 나를. 그렇게 어느 순간부터 각자 자기 자신을 마음속 첫 순위로 둔 채 남은 노력들만으로 적당히 서로를 사랑하기 시작했지. 그래, 더 이상 상처 받고 싶지 않았기 때문에. 딱 상처 받지 않을 만큼만, 적당히.

너를 탓하지 않는다. 처음부터 끝까지 너는 최선을 다 했다는 걸 안다. 내가 만족하지 못했을 뿐. 너의 말은 언제나 옳았다. 내가 아무리 우겨도 결국에는 네 말이 다 맞았다. 변함없이 널 사랑할 거라고 자부하던 나에게, 언젠가 너는 웃으며 말했다. 사람 마음은 다 변하는 거야, 지금은 그럴 것 같아도 나중엔 또 모르지. 이번에도 네가 옳았다.

처음에 느꼈던 그 감정은 아무리 돌이켜 곱씹어봐도 분명 사랑이었다. 다만 너의 말처럼 변한 쪽은 나였다. 내 마음속의 첫 순위가 너에서 나로 바뀌었다는 사실은, 생각했던 것 이상으로 큰 변화를 가져왔다. 배부른 투정이었을까. 서로 얼굴만 바라보고 있어도 행복했던 시간들이 지나자 사랑만으로는 채워지지 않는 허기가 느껴졌다. 점점 모나지는 나의 모습에 너도 조금씩 지쳐갔겠지. 어쩌면 그날의 흐지부지한 이별은 서로를 위한 최선의 결정이었을지도 모르겠다.

그러니 후회가 찾아온다 해도 더는 뒤돌아보지 않고 내가 선택한 길을 따라 꿋꿋이 앞으로 걸어갈 거야. 찬바람이 부는 어느 날, 문득 네 온기가 그리워질 때면 숨겨놨던 추억들을 꺼내 이불 삼아 덮어볼게. 이제와 해줄 수 있는 건 그 무엇도 없기에, 나는 그저 네가 행복하기를 바랄 뿐이야. 진심으로.

언젠가 지나가는 말로라도 너의 소식을 전해
들을 수 있었으면
그리고 조금만 더 욕심을 부려본다면
차마 하지 못했던 그날의 인사를,
언젠가 웃으면서 건넬 수 있기를.
딱 그만큼만.

너도 그럴 때 있지 않아?

비 오는 날, 안 그래도 양손 가득 짐이 많은데

우산까지 들어야 할 때

우산만 없어도 살겠다, 싶은 생각이 들잖아.

막상 해가 뜬 날엔

우산을 안 들어도 된다며

딱히 좋아하지도 않으면서 말야.

그런데 다시 비가 내리면 이놈의 우산만 안 들고

다녀도 행복하겠다며 의미 없는 생각을 되풀이하지.

평소에는 우산을 들지 않아도 된다는 이유만으로

행복하다고 느껴본 적도 없으면서.

그래, 우산도 쓰기 힘들 정도로 몰아치는 비바람을
맞고 나서야 특별할 것 없다고 여겼던 일상들이
실은 특별한 날이었다는 걸 알게 돼.

왜, 좋을 땐 좋은 걸 모르고 전부 다 지나가버린
후에야 겨우 깨닫는 걸까?

너와 함께했던 그 모든 평범한 순간들이
실은 우산을 들지 않아도 되는
맑은 날들이었다는 걸,

그때는 왜, 알지 못했을까?

서른, 낭만의 이면을 알다

어린왕자를 기다리는 여우처럼, 나는 그가 돌아올 때가 되면 가슴이 바스대어 며칠 전부터 밤잠을 설치곤 했다. 그가 어쩌다 이곳에 자리를 잡게 되었는지는 모르겠지만, 어쨌든 기다릴 누군가가 생겼다는 건 퍽 즐거운 일이었다. 김빠진 콜라 같은 밍밍한 일상에 찾아온 뜻밖의 청량함. 창백한 양 볼에, 오랜만에 홍조가 피어올랐다.

저 멀리 그가 보인다. 거리가 좁혀질수록 맥박도 빨라졌다. 맨발로 은하수를 걷는다면 이런 기분일까. 존재 자체만으로도 황홀함을 선사하는 그가 이제 곧 내 앞에 멈춰 설 것이다. 간지럽게 맞닿은 시선. 애써 담담한 척 인사를 건네자 그의 커다란 손이 뻗어와 나의 헝클어진 머리를 쓰다듬었다. 잠시나마 나이를 잊은 채 어린아이처럼 응석을 부리고 싶게 만드는 따뜻함이었다.

그와 함께하는 시간은 나의 공허한 하루를 가득히 채우고 죽어 있던 풍경에 숨을 불어넣어 주었다. 멈춰 있는 내내 우리의 대화는 끊길 줄 모르고 이어졌고, 손길이 닿는 곳마다 그의 향취가 잔뜩 묻어났다. 오랜만에 맞이하는 안온한 밤. 나는 어쩌면 이 순간을 위해 살고 있는지도 모른다.

짧은 휴식이 끝나며 그가 떠날 시간이 다가왔다. 서운할 건 없었다. 늘 정해진 노선만을 달리는 그는 곧 돌아올 것이다. 기다림조차 한없이 설레는 일이었다. 사춘기 소녀의 서툰 첫사랑마냥 나는 한동안 들뜬 마음을 가라앉히지 못해 애를 먹곤 했으니까.

숨이 멎을 것 같은 심장의 떨림. 그 외엔 무엇도 느껴지지 않았다. 이따금 그의 눈동자와 정면으로 마주칠 때면 나는 영혼이라도 빼앗긴 듯 그 영롱함에 사로잡혔다. 내 안을 한가득 채운 그는, 자신이 얼마나 경이로운 존재인지 알고 있을까. 이토록 하염없이 나는 너의 우주를 유영하고 있는데.

더 이상 욕심 부리지 않을 테니
그저 이 감탄스러운 일상이 영원하기를,
나는 소원했다. 만약 그럴 수 없다면 이대로
시간이 멈춰버리기를,
그렇게 보이지 않는 존재에게 빌었다.

친구라 할 수도, 연인이라 부를 수도 없는 사이는 한마디로 정의 내리기 어려웠지만, 상관하지 않았다. 어른이라 불리는 사람들은 관계의 정의에 큰 의미를 두지 않았다. 그들은 결혼을 하고도 다른 이성과 연인의 감정을 나누었고, 사귀지도 않으면서 서로의 속살을 탐했다. 애매하면 애매한 대로, 복잡한 것과 깊게 생각하는 것을 싫어하는 것처럼 보였다. 그러다 난감한 상황에 맞닥뜨리면 모르는 척 얼버무리고 회피했다. 말의 무게나 약속의 가치 따위는 무시된 지 오래였고, 유혹을 거부하는 '진짜' 어른은 찾아보기 힘들었다. 어렸을 땐 이해할 수 없었던 가식적이고 졸렬한 세계. 그것은 타락하기에 충분한 명분이 되었다.

언제부터인가 그를 기다리는 시간이 초조해졌다. 설렘과 떨림 같은 순수한 감정은 조금씩 의미를 잃어갔다. 나의 바람은 누구에게 닿은 것일까. 신이 존재한다면 나는 그에게 미움을 받는 것이 분명했다. 그렇지 않고서야 이럴 수는 없으니까. 그가 이곳에 정차하기 시작한 이후 처음으로 낯선 이가 나타났다. 나의 황홀했던 우주는 금세 지옥 같은 현실이 되었다. 그가 그녀를 바라보는 눈빛이 나를 바라보는 그것과는 다르다는 걸 눈치채기까지 그리 오랜 시간이 걸리지 않았다. 그와 그녀가 서서히 가까워지는 것을 지켜보는 것 말고, 내가 달리 할 수 있는 건 없었다.

얼마 후, 마치 기다렸다는 듯 그는 그녀를 태우고는 떠나버렸다. 일말의 불안감은 오늘을 예견한 것이었다. 흰 종이 위에 떨어진 한 방울의 먹물처럼, 미움은 그 어떤 감정보다 빠르게 나를 잠식해갔다. 그래, 좀 더 일찍 어른이 되었어야 했다. 바보같이 너에게 감탄만 하고 있을 것이 아니었다. 이곳에 우리 둘뿐이었을 때, 망설이지 말고 너의 눈을 가린 뒤 너의 두 다리를 묶었어야 했다. 네가 나를 떠날 생각조차 할 수 없도록, 너의 두 귀엔 나의 목소리만 닿았어야 했다. 그녀와 함께 멀어지는 너를 보며 섬뜩한 자책을 했다. 그럼에도 미소를 지을 수 있었던 이유 하나는, 너 또한 어쩔 수 없는 어른이라는 것.

언젠가 쉴 곳이 필요해진 네가 다시 올까, 차마 이곳을 떠날 수가 없어. 먼지 가득 쌓인 나를, 네가 미처 보지 못하고 지나칠까 애써 털어내 가면서 여전히 이곳에서 너를 기다리고 있어.

온통 거짓투성인 세상 속에서 사랑스러운 아이의 가면을 쓴 나는, 너 또한 그들과 별반 다르지 않은 가증스러운 어른이 되기를 간절히 바라며.

첫사랑, 가장 형편없던 사랑

첫사랑만큼 애매모호한 정체를 가진 단어가 또 있을까. 정의는 존재하나 기준은 없다. 그저 스스로가 첫사랑이라 이름 한다면 그것이 첫사랑인 거지. 누구도 반박할 수 없는, 그리고 누구에게나 존재하는 가슴 아릿한 추억의 편린.

여자가 첫사랑이라 말하는 기억은 아름답고 순수한 것과는 거리가 멀었다. 그녀의 인생에서 가장 형편없었던 사랑. 사실 그때의 감정이 진짜 사랑이었는지조차도 잘 모르겠지만 어쨌든 그랬다. 그것을 첫사랑이라 부르지 않는다면, 이후에 찾아왔던 다른 어떤 감정에도 그 따위 허울뿐인 이름은 붙일 수 없을 거라고 생각했으니까. 그녀는 지금껏 누구에게도 말하지 못한 채, 무의식 어딘가에 깊숙이 묻어두었던 오래전의 기억을 꺼내 들었다. 원래대로라면 떠올리는 것조차 금기시되어야 마땅한 지난날의 잔상殘像. 여자의 첫사랑이었던 그는 그녀보다 열여덟 살이 많았다.

여자가 어떤 점에서 그에게 매력을 느꼈는지는 알 수 없다. 처음부터 나이를 알고 만난 것은 아니었다. 같은 공간에서 운동을 하다 우연히 인사를 나누었고, 밥을 몇 번 같이 먹었을 뿐인데 어쩌다 보니 자연스럽게 연인이 되었다. 그들의 관계를 과연 연인이라 말해도 되는 건지는 잘 모르겠지만.

어쩌면 착각이었을 수도. 스물한 살의 여자가 서른아홉 살 남자의 의중을 짐작하기란 거의 불가능한 데다 그녀에겐 사랑을 해본 경험도, 그만한 연륜도 없었으니까. 남자가 자신을 진지하게 생각하지 않았음을, 여자는 아주 많은 시간이 흐르고 나서야 알 수 있었다.

남자는 꽤 바쁜 사람이었다. 문자도 거의 하지 않는 그와의 유일한 연락 수단은 언제나 전화 통화뿐. 하지만 그마저도 안 되는 시간이 훨씬 더 많았다. 연락을 조르거나 애정을 구걸하는 행동은 안 그래도 어린 그녀를 더 어린애처럼 보이게 만들었기 때문에, 여자는 꾹 참았다. 그녀는 어른스러운 척 그를 이해했다. 아니, 인내했다. 그렇게 억지로, 꾸역꾸역 그의 기준에 맞추어 늙어갔다. 아직 세상물정 어두운 스물한 살에게 사랑은 그런 것이었다. 그러니 괜찮아, 여자는 스스로를 다독였다.

언젠가 열에 들뜬 밤이 있었다. 인간이란 원래 그런 존재였던가. 여태껏 누군가 가르쳐준 적이 없었음에도 여자는 금세 쾌락을 배웠다. 그것은 태어나 처음으로 느껴본, 인간으로서의 품위와 교양 따위를 전부 다 놓아버린 일종의 해방이었다. 다만 그때는 알 수 없었다. 그 해방감이 실은 또 다른 속박의 시작이라는 것을. 여자는 그저 자신이 하고 있는 이것이 소위 말하는 진정한 사랑이라고만 생각했다.

행위가 가지는 가벼움에 비해 너무 무거운 의미를 부여한 것이 부담이었을까. 여자는 남자에게 점점 귀찮은 존재가 되어갔다. 아무리 눈치가 없는 여자라도 그 정도는 느낄 수 있었다. 그를 기다리는 시간이 점점 늘어났고 기다림은 이제 의무가 되었다. 상관없었다. 기다리는 건 그녀가 가장 잘하는 일이었으니까. 다만 여자를 비참하게 만든 건, 그녀가 아무리 참고 기다려도 그는 더 이상 그녀에게 만족하지 못한다는 사실이었다.

사랑은 여자가 멋모를 적 상상했던 것처럼 황홀하지만은 않았다. 밤새 달궈놓은 시트는 언제부터인가 새벽이 오기도 전에 차갑게 식어버렸다. 뒤돌아 누운 남자의 무심한 등을 하염없이 바라보다 아침을 맞이하는 일이 잦아졌다. 나는 그에게 어떤 사람일까. 아니 사랑은 맞는 걸까. 심장이 뛰다 못해 몸 밖으로 달아나버린 것 같은 허전함. 속살이 채워질 때마다 마음은 하루가 멀다 하고 텅텅 비어갔다. 이 덧없는 환락이 어른들이 말하는 그 흔한 사랑이라면 더는 버텨낼 자신이 없다. 모르는 거야, 모르는 척하는 거야? 형체를 알아볼 수도 없게 너덜너덜해진 여자의 영혼이 말을 걸었다. 그는 너를 사랑하지 않아. 네가 죽어버려도 아무 일 없었다는 듯 잘살 거고 너를 대신할 또 다른 껍데기를 찾겠지. 너는 그걸 견딜 수 있어?

인정하고 싶지 않았으나 인정해야 했다. 이 관계는 끝난 지 오래였고 그녀의 첫사랑은 말하자면 실패였다. 썩어 문드러진 마음이 온몸으로 번져갔다. 지금이라도 망가진 곳을 도려낸다면 남은 부분은 어떻게든 되살릴 수 있을 것이다. 잠든 남자의 옆에서 말라비틀어진 시체처럼 누워 있던 여자가 굳어버린 몸을 겨우 일으켰다. 여전히, 바깥은 새벽이었다.

겨울이 채 오기도 전 떨어져 내린 첫눈은 금세 녹아 사라졌고,
너무 일찍 여물어버린 첫사랑은 그만큼 빨리 썩어버렸다.

인내의 끝은, 이해가 아닌 이별이었다.

닿지 못할 곳을 바라본다는 것

그런 날이 있다. 정신없이 일하다가도 문득 너의 생각이 나면 그날은 하루 종일 네가 머릿속에 둥둥 떠다녔다. 아무 글씨도 보이지 않고 누구의 말소리도 들리지 않아 할 일은 많은데 의미 없이 시간만 흘려보냈다.

집으로 가는 길, 해가 짧아져 밖은 어느새 어두워져 있었다. 오늘따라 버스가 오지 않는다. 친구를 불러내기에는 고단하고 혼자 집에 있기에는 조금 외로운 날. 이 무의미한 감정의 끝이 어디일까 궁금해진 나는 영동대교로 가는 버스에 충동적으로 몸을 실었다.

오래전 어느 여름날 밤, 그 다리 위에 너와 내가 있었다.

썸과 연애 사이, 그 어디쯤에서 헤매던 우리는 적당히 기분 좋게 오른 취기를 벗 삼아 다리 위를 걸었다. 차를 타기에는 가깝고, 걷기에는 먼 거리. 버스가 끊겼다는 핑계에, 너와 좀 더 있고 싶은 욕심을 얹었다.

한낮의 열기를 가라앉히는 선선한 밤공기와 살짝살짝, 서로의 손끝이 닿을 때마다 피어오르던 묘한 긴장감. 그 빈틈없는 조화 속에서, 우리의 밤은 달빛이 내린 한강의 물비늘만큼이나 반짝였다. 그리고 마침내 다리 건너편에 다다랐을 때, 간지럽게 스치기만 하던 시선이 비로소 얽혔다.

두 쌍의 달뜬 눈동자,
나는 너를 담고 너는 나를 담아냈다.

그런 날이 있었다. 너와의 시간은 다른 차원의 세계처

럼 빠르게 흘렀기에, 할 수만 있다면 뜨고 지는 일월[日月]을 붙잡아두고 싶었다. 뜨겁게 찬란했던 여름과 눈부시게 파란 가을을 지났다. 겨울은 언제나처럼 약속을 지켜 찾아왔다.

유난히 시린 바람이 불던 어느 날, 처음으로 마주한 너의 서늘한 눈동자를 보고 직감했다. 오늘을 마지막으로, 내 시간은 더 이상 빠르게 흐르지 않을 것임을. 너의 두 눈은 더 이상 나를 담고 있지 않다는 것을.

반쪽짜리 추억을 안고, 너의 잔상에 의지해 하루하루를 버텼다. 잊고 싶다고 해서 잊히는 건 없었다. 잊겠다, 마음먹는 것조차 너를 떠올리게 하기에 잊는 것도, 기억하는 것도, 나는 아무것도 할 수 없었다. 한참이 지나서야 너와 함께 걷던 거리를 혼자서도 걸을 수 있게 되었다. 시간은 때론 독이 되기도, 약이 되기도 했다.

온기 가득했던 너의 두 손 대신, 마지막으로 본 너의 눈빛처럼 시린 공기가 얼굴을 스치는 밤. 작은 설렘에도 떨리던 가슴은 너의 흔적처럼 닳고 닳아 무뎌졌고, 미지근한 내 손으로는 누구의 마음도 데우지 못했다.

새로운 인연이 찾아오면 그 어설프고 치열했던 감정과도 재회할 수 있을까 기대해봤지만,

아무리 걸어도 닿지 못할 다리의 건너편처럼 너를 떠올리게 하는 이 무의미한 감정의 끝이 어디인지는 알 수 없었다. 사랑했던 네가 그리운 것인지 아니면, 너를 사랑했던 나를 향한 그리움인지.

그날의 그 다리 위를 걸으면서도, 나는 끝내 알 수 없었다.

그런 날도 있었다.

달빛이 그려낸 물비늘 사이로
마주한 두 개의 그림자가,
그 어느 때보다 애틋하게
서로를 담아내던 날이.

곱씹을 만한 추억도 생겼다

11월의 어느 시린 아침이었다.

이르게 핀 눈꽃이, 나뭇잎 위로 한가득 내려앉아 있었다. 아직 제 빛깔을 잃지 않은 원색의 잎사귀에 얹힌 순백은 어울리는 듯, 어울리지 않는 듯 묘한 분위기를 연출했다.

계절의 변화에 유독 민감한 나에게, 그것은 꽤나 설레는 장면이었다. 눈꽃에 가장 잘 어울리는 단짝은 아무래도 마른 나뭇가지이겠지만, 어쨌든 올해는 그랬다.

가을 위로 겨울이 소리 없이 포개어졌다.

사랑만으로 먹고살 수 있을 거라 생각하던 때가 있었다. 나는 이성보다 감성이 앞서고, 사랑에 있어서는 꽤나 열정적인 인간이었는데, 그래서인지 짧게는 며칠을, 길게는 몇 달을, 미처 소화시키지 못한 감정에서 기인된 연병戀病 따위를 앓아내곤 했다. 고장 난 머리와 가슴을 조금 더 쉽게 고칠 방법을 찾으려면 찾을 수도 있었겠지만, 굳이 그럴 필요는 없었다. 오히려 반대로, 상처에 소금을 뿌리듯 통증이 심해지다 못해 무뎌질 때까지, 몇 번이고 들쑤셔대기를 반복하기 일쑤였으니까. 어쩌면 나는 그 고통스러운 시간들을 즐기는 정서적 마조히스트였는지도 모른다. 어느 노래 제목과 달리, 너무 아픈 사랑도 나에겐 그저 똑같은 사랑이었으니.

다만 나는, 나를 포기할 수 있을까.
사랑이란 이유 하나만으로, 나는 너를 위해
그렇게 할 수 있을까.

두 직선의 각도가 아주 조금만 틀어져도 나중에는

걷잡을 수 없이 벌어지듯, 너와 내가 그랬다. 서로 바라보는 방향이 다르다는 걸 알면서도 나는 당장의 이별만큼은 피하고 싶어 필사적으로 발버둥쳤더란다. 여전히 너를 사랑하는데, 아직 일어나지 않은 일들을 미리 걱정하면서 그로 인해 우리가 헤어져야 한다면, 사랑이란 게 대체 무슨 의미가 있을까. 언제부터 사랑이 절절함보다 적당함에 더 가까운 단어가 된 걸까.

몇 번의 계절을 유예했지만 다가오는 종말을 피할 수는 없었다. 인간이 죽을 걸 알면서도 살아가는 것과는 달리, 끝이 보이는 사랑(그것을 사랑이라 말해도 되는지는 잘 모르겠지만)을 지속할 이유는 찾지 못했다. 그것이 나름의 진지함을 동반하는 관계라면 더더욱 그랬다. 어느 한쪽이 배려를 가장한 희생을 하던가, 각자 흩어져 원하는 방향으로 가던가. 선택지는 둘 중 하나였다. 다른 길은 없었다.

어렴풋이 느끼고 있었다. 너와 이렇게 마주할 수 있는 날도 얼마 남지 않았음을. 이 가을이 끝남과 동시에, 우리에게도 마지막이 찾아올 것임을.

그럼에도 너와의 추억 하나하나가 못내 아쉬워진 나는 차마 입 밖으로 꺼내지 못한 진심을, 하얗게 흩어지는 눈꽃에 얹었다.

나, 조금만 더 너에게 기대어 있으면 안 될까.
저 단풍잎이, 눈치도 없이 일찍 찾아온 눈송이를 냉정히 털어내지 않은 것처럼.

서로가 서로에게 더는 아니라는 것을 알면서도,
겨울이 조금만 천천히 오길 바라는 나는,
잠시만 더 이렇게, 너에게 머물러 있어도 될까?

나를 돌아보니, 그곳에 네가 있었다

여느 때와 마찬가지로 건조함이 잔뜩 낀 출근길이었다. 버석버석 소리가 날 것만 같은 메마른 발걸음을 옮겨 집 앞 버스정류장으로 향했다. 아직 시월인데 며칠 새 날씨가 부쩍 추워졌다. 목덜미를 스치는 서늘한 바람에 코트 앞섶을 움켜쥐며 걸음을 재촉했다. 말라비틀어진 갈색 낙엽들은 발끝에 닿기만 해도 힘없이 부서졌다. 바스라기가 되어 제각각 흩어진 잔해들 때문에 거리는 온통 잿빛이었다. 그래, 지독하게 건조한 날이었다. 퍽퍽한 공기가 덜 마른 머리카락에 붙어 겨우 숨을 쉴 정도였으니.

길을 건너려고 신호를 기다리다 문득 하늘을 올려다봤다. 생기를 잃은 땅과 달리 구름 한 점 없는 하늘은 눈이 시릴 정도로 파랬다. 어쩌면 흰색보다 더 밝은 색은 파란색이 아닐까. 그러고 보니 우주의 별도 푸른색이 가장 뜨거운 별이랬다. 같은 시공간이라는 것이 믿기지 않을 만큼 그들의 온도 차는 극명하게 갈렸다. 금방이라도 흩어져버릴 듯 애처로운 회갈색이 빈틈없이 채워진 견고한 푸른색을 힘겹게 지탱하고 있었으니까. 균형감이라고는 찾을 수 없는 그 기이한 부조화에 잠시 정신이 아득해졌다. 아마 평소엔 거의 활동을 하지 않는 게으른 뇌세포들이 쓸데없는 생각을 한답시고 맷돌을 굴리기 시작한 것일 테다. 언제 또 이런 적이 있었던가. 그날은 인생에 몇 안 되는, 손에 꼽을 정도로 기억에 남는 아침 출근길이었다.

곧 버스를 탔다. 운이 좋게도 마침 자리가 하나 비어 있었다. 서 있는 사람이 나뿐이라 눈치 볼 필요도 없이 얼른 앉았다. 가방을 뒤적이니 이어폰 두 개가 손에 잡혔다. 고장 난 이어폰 대신 어제 새로 산 이어폰을 귀에 꽂았다. 재생 버튼을 누르자 정지되어 있던 멜로디가 익숙하게 흘러나왔다. 촉촉한 듯 메마른, 아련한 듯 선명한. 세상에는 공존할 수 없을 것 같은 두 개념들이 서로 짝을 이루는 일이 의외로 많다. 정의내리기 힘든 묘한 음색이 고막을 파고들었다. 아무래도 오늘 같은 날에 딱 맞는 선곡을 한 듯하다. 눈으로 보았던 아득함이 귀를 통해 소리로 흩어졌다.

밴드 자우림보다는 가수 김윤아를 좋아한다. 정확히는 그녀의 목소리와 그녀가 쓴 가사를 좋아한다. 바람에 실려 오는 너의 향기, 미처 알지 못한 너의 아름다움. 그렇게 영원할 줄 알았던 스물다섯, 스물하나. 나이를 떠나, 이미 지나가 버린 모든 것들에 대한 상실감, 혹은 회한. 바람을 따라 저무는 꽃잎은 어쩌면 지금 이 순간 우리의 모습일지도 모르겠다.

그래, 영원할 줄 알았던 것이 비단 스물다섯, 스물하나라는 나이뿐일까. 꿈도, 희망도, 사랑도, 미움도, 기쁨도, 슬픔도, 분노도, 좌절도, 절망도, 아름다움도, 젊음도, 그리고 나조차도. 결국은 시간의 풍화작용으로 인해 조금씩 깎이고 사라져가는 것을. 그때는 알지 못했다. 물기 가득했던 날들, 때로는 비바람이 몰아치고 때로는 함박눈이 내리기도 했던 그 언젠가. 어린아이처럼 생기를 잔뜩 묻힌 말간 얼굴을 하고는 휘날리는 눈꽃을 좇았다. 돌부리에 걸려 넘어지고 진창을 밟아 온몸이 흙투성이가 되어도 뜀박질은 멈추지 않았다.

이제는 눈을 감아도 떠오르지 않는 해사한 미소. 그 죽어버린 시간들을, 나는 차마 버릴 수 없어 추억이라는 이름의 지층 위에 켜켜이 쌓아두었더랬다. 그렇게 쌓고 쌓으면 언젠가는 저 시리도록 푸른 하늘에 닿을 수 있지 않을까, 하는 일말의 기대감을 품고서. 그 서

글픈 스러짐을 그저 겸허히 받아들이겠노라, 그렇게 다짐하고 또 다짐했었다.

단념과도 같았던 각오가 무색하게도 나의 스물하나와 스물다섯은 여전히 온 힘을 다해 서른 살의 나를 떠받치고 있었다. 금방이라도 무너져 내릴까, 이미 사라져버린 줄 알았던 지난날의 잔상들은 그렇게 자신의 본래 모습을 숨기고 나도 모르는 새 고단한 세월을 견뎌내고 있었다. 물기 가득한 초록빛의 싱그러움 대신 가뭄에 말라비틀어진 나무처럼, 금방이라도 바스라질 것 같은 위태로운 회갈색을 띠고서.

내가 너를 그리 상하게 만든 걸까.
왜 네가 가장 아름다웠을 때,
나는 너를 온전히 알아보지 못했을까.

그동안의 네 희생이 헛되게도 지금의 내 모습은 퍽 건조한 듯해 마음이 무겁다. 너는 스스로를 쥐어짜내 메마른 나의 땅에 비를 내려주곤 했다. 나는 그 사실을 잊고 있었거나 알면서도 모른 척했을 테지. 그것이 못내 미안해졌다. 이 또한 스스로에게 면죄부를 주기 위한 위선에 불과하겠지만, 그럼에도 나는 네가 보고 싶어 견딜 수가 없었다. 이미 저 까마득한 밑바닥 어딘가에 파묻혀 사그라진 너를 다시 꺼내기란 불가능하다는 사실을 알면서도, 덕지덕지 미련이 묻은 손끝을 너에게 뻗어대곤 했다.

버스가 목적지에 도착했다. 다시 만난 하늘은 여전히 시린 푸른색이었고, 귓가에서는 여전히 같은 노래가 반복되고 있었다. 건조했던 발걸음에 이내 물기가 고였다. 수채화를 그리듯 흑백의 일상 위에 은은하고 촉촉하게 색이 입혀지기 시작했다.

사무치는 그리움은 그저 나의 몫이다.

네 덕에 나는 어쨌든
지금까지 버텨올 수 있었고,
저 견고한 하늘은 네가 없어도
무너지지 않을 테니
이제 그만 편히 쉬어도 된다고.
나는 너에게 안녕을 고한다.

아아, 영원할 줄 알았던
나의 스물다섯,
너의 스물하나.

그녀 또한 서른

"딸, 엄마 119 좀 불러줘. 아무래도 발목이 부러진 것 같아."

퇴근할 때쯤 걸려오는 엄마의 전화는 너무나 일상적인 일이었기에 나는 여느 때처럼 무심하게 휴대폰을 귀에 갖다 댔다. 그런데 수신 버튼을 누르자마자 느껴지는 싸한 느낌. 수화기 너머로 심상치 않은 분위기가 감지되었다. 왜 안 좋은 예감은 언제나 틀리지 않는 걸까. 그럼에도 불구하고 엄마의 목소리가 너무나도 차분해서, 오히려 현실감이 없었다. 이게 지금 무슨 상황인 거지?

정신을 차린 나는 전화를 끊고 바로 119 버튼을 눌렀다. 119에 전화를 하는 건 태어나 처음이었다. 신고를 마치자마자 대충 겉옷만 걸치고 집을 나섰다. 저녁새 영하로 떨어진 기온에 바람까지 더해진 한기가 옷

속을 파고들었다. 엄마의 출퇴근길은 걸어서 5분도 채 되지 않는 짧은 거리였다. 다만 살짝 경사가 진 언덕길이라 오늘같이 길이 얼어붙은 날엔 미끄러지기 십상이었을 것이다.

엄마는 차를 피해 길가에 앉아 있었다. 살얼음이 깔린 차디찬 바닥이 느껴지지도 않는지 멍한 표정이었다. 내가 가까이 온 것도 눈치채지 못할 만큼 넋이 나가서, 오히려 발목이 부러졌다는 사실이 믿기지 않을 정도로 무덤덤한 모습이었다. 아프다고 소리를 지르며 울어도 이상하지 않을 상황인데, 그것이 오히려 내 마음을 들쑤셔왔다. 구급차를 기다리는 10분이 마치 십 년같이 느껴졌다.

응급실에서도 기다림은 길었다. 무슨 응급환자가 그리도 많은지, 발목 다친 정도로는 명함도 못 내미는 분위기였다. 엄마는 여전히 말이 없었다. 꾹 다문 입술 틈으로, 고통에 밀린 신음만이 간간히 새어 나왔다.

겨우 응급처치를 받고 엑스레이를 찍었다. 결과는 예상했듯이 골절. 그것도 발목을 지탱하는 세 개의 얇은 뼈들이 모조리 부러졌다. 아마 발목이 360도로 꺾어 돌아가는 느낌이었을 것이다. 그 와중에도 뼈는 맞춰야 한다는 의사의 말에, 나는 차마 볼 수가 없어 엄마 손만 잡은 채 눈을 질끈 감았다. 좀 아프실 거예요. 그와 동시에 내 손을 쥔 엄마의 손에 순간적으로 엄청난 힘이 쥐어졌다가, 이내 풀렸다. 눈을 떴다. 얼마나 참았는지 붉게 충혈된 엄마의 눈동자가 보였다.

24시간 내내 형광등이 켜져 있는 응급실에서 뜬 눈으로 밤을 지새웠다. 다음 날 오후 늦게야 겨우 엄마를 일반 병실로 옮길 수 있었다. 부은 상태에서 피부를 절개하면 봉합이 어렵기 때문에 수술은 부기가 어느 정도 빠진 후에야 가능하단다. 보통은 이삼일이면 되지만 하필 설 연휴가 끼는 바람에 일주일 후에나 수술 일정을 잡았다. 그렇게 모녀의 일주일간의 병원 생활이 시작됐다.

처음에는 의욕이 넘쳤다. 병원이 가까워 잠은 집에서 자는 대신 아침에 눈을 뜨자마자 병실로 출근 도장을 찍었다. 나의 하루 일과는 밤새 녹아버린 아이스팩을 비우고 얼음을 채우는 것으로 시작했다. 수술을 위해서는 냉찜질로 부기를 빼는 것이 굉장히 중요했는데, 엄마처럼 냉찜질이 필요한 환자들이 많다 보니 얼음을 공수하는 것도 큰일이었다. 특히 아침에 제빙기를 열면 얼음이 단 한 알도 없는 경우가 많았다. 그래서 다른 층을 뛰어다니며 얼음을 채워 와야 했다. 무사히 아이스팩을 완성하고 나면 세숫대야에 여러 번 물을 받아 나르며 엄마의 세안과 양치를 거들었다. 점심 식사 후엔 휠체어를 타고 병원 주변을 돌며 바람을 쐤다.

이렇게 모녀는 무사히 수술을 마치고 퇴원 날까지 평화로운 나날을 보냈습니다, 하고 해피엔딩으로 마무리 되면 얼마나 좋을까. 애석하게도 현실은 그렇지 못했지만.

하루, 이틀, 사흘, 나흘… 넘치던 의욕들은 다 어디로 사라져버렸는지 시간이 흐를수록 짜증만 늘어갔다. 폐쇄적인 병원 생활은 그 공간 자체만으로도 큰 스트레스였고, 나는 엄마의 자잘한 부탁들이 점점 귀찮아지기 시작했다. 틈나는 대로 병원 로비에 나와 나의 기구한 팔자를 연민하며 하늘만 바라봤다. 생각해보면 엄마의 부탁은 늘 최소한의 것들이었다. 어쩔 수 없는 경우에만, 그리고 되도록이면 한 번에 몰아서 하는 부탁이었음에도 불구하고, 철없이 나이만 먹은 딸의 모자란 인내심은 너무나 쉽게 무너지곤 했다.

반대의 상황이었으면 어땠을까. 환자복을 입고 누워

있는 내가 혹여 불편하진 않을까, 엄마는 노심초사하며 부탁하지도 않은 일들을 나서서 찾았을 것이다. 당신이 나를 대신해서 아플 수 없다는 사실에 괜한 죄책감을 느꼈을 것이다. 밤이면 집으로 가 편하게 쉬는 것이 아니라, 침대라 부르기도 뭐한 보호자용 간이침대에 지친 몸을 겨우 구겨 뉘이고 그렇게 딸의 옆에서 불편한 쪽잠을 청했을 것이다.

내리사랑은 있어도 치사랑은 없다. 세상에서 가장 숭고한 사랑은 자식을 향한 부모의 사랑이라는 말에 동의하지 않을 사람이 얼마나 있을까. 우리는 사랑을 할 때 언제나 서로 평등하기를 원하지만, 안타깝게도 남녀관계에서조차 똑같은 감정의 양을 주고받는 것은 불가능하다. 하물며 내리사랑은 애초에 돌려받겠다는 작은 기대마저도 욕심이라 치부된다. 자식을 위해 자신의 모든 것을 주고 희생하였음에도 조금의 대가도 바랄 수 없는, 철저한 갑과 을의 관계. "내가 언제 낳아 달라고 했어?"라는 자녀의 철없는 반항이 부모의 가슴에 커다란 대못으로 박히는 것 또한 그런 이유일 테지. 내리사랑이라 붙여진 그럴싸한 이름과 숭고함이라는 허울 좋은 포장지 속에 숨겨진 그것의 본모습은, 어쩌면 잔인할 정도의 불평등.

부모가 된다는 것은 이 모든 불합리함을 기꺼이 감수할 수 있어야 한다는 사실을, 사람들은 알면서도 자식을 낳는 걸까. 아니면 모르고 낳았는데 인간적인 책임감에 어쩔 수 없이 그 숭고한 희생의 길로 뛰어들게 되는 것일까.

엄마는 어땠을까. 나를 낳아서 행복했을까.
그녀의 청춘을 모두 바칠 정도로,
나는 가치 있는 존재였을까.

엄마는 분명 그렇다고 대답할 것이다. 너 하나만으로도 내 인생은 충분히 의미 있는 삶이었다고, 엄마는 분명 그렇게 말할 것이다. 하지만 나는 안다. 객관적인 답은 그렇지 않다는 걸. 세상에 태어나 처음으로 겨우 주어진 딸이라는 배역조차 나에게는 과분한 역할이었는지도 모르겠다. 그런 내가 다른 대단한 역할을 맡게 되길 바라는 것도, 결국은 능력 밖의 욕심일 뿐.

그날은 평소와 조금 다른 날이었다. 보통은 엄마가 잠들기 전에 내가 먼저 집으로 돌아갔는데, 어쩌다 보니 시간이 많이 늦어졌다. 겉옷을 챙겨 나가려고 병실로 돌아오니 엄마는 이미 깊은 잠에 빠져 있었다. 한동안 마주한 적 없던 엄마의 잠든 얼굴. 30년이라는 세월 동안 굴레처럼 써온 엄마라는 배역이 고단했는지 그녀의 얼굴은 퍽 지쳐 보였다.

사진으로만 보아왔던 젊은 날의 예쁜 모습은, 그 흔

적만이 아주 희미하게 남아 있었다.

그녀도 나와 같은 나이였던 때가 있었을 것이다.
그녀도 누군가의 딸이었던 때가 있었을 것이다.
고달팠을 그녀의 삶에 내가 충분한 보상이
되어주지 못했음에, 가슴 한구석이 아려왔다.

창밖으로 때 이른 싸라기눈이 내리고 있었다.
작은 병실에서 맞이한 서른 살의 겨울은,
유난히도 추웠다.

세상에 당연한 건 없었다.

고된 시간을 견뎌낸 꽃이라 해서
모두가 제때 열매를 맺는 것은 아니었으니까.

조금 느리고 서투르면 어때.
우리의 서른은, 아직 피어나는 중인 걸.

2장

……

그럴듯한 어른이 되어 있을 줄 알았는데

시간이 주는 선물

'추억에 다시 가닿으려면 사람은 나이를 먹지 않으면 안 된다. 내게는 나이를 먹는다는 것이 그래서 좋다.' 시인 릴케는 그의 장편소설 『말테의 수기』에서 이렇게 말했다. 무심한 시간의 흐름은 건강과 젊음을 거두어 가는 대신, 추억이라는 보상을 주었다. 영원히 가질 수 없기에 언젠가는 놓아야 하는 인간의 욕심에 대한 작은 위로일까. 순간순간이 과거가 되어 어쩌면 현재라는 것이 존재하는지조차 의심스럽게 느껴질 때, 시간은 추억을 선물한다. 신기한 사실은 오래된 기억일수록 선명하게 떠오른다는 것.

나의 외할머니는 살아계실 적, 근 몇 년간의 일보다 당신이 소녀였던 시절을 더 또렷하게 추억하시곤 했다.

그럴 때면 나는 외할머니의 주름진 얼굴에서 이제껏 본 적 없는 열다섯 살 소녀의 수줍은 미소를 마주할 수 있었다. 그래, 추억의 선사하는 가치는 결코 작지 않다. 흐르는 시간을 야속해하면서도 거스르지 못하는 우리는, 이따금 주어지는 그 선물을 위안 삼아 그저 걸어갈 뿐이다.

산다는 건 결국, 끝없이 추억한다는 것.

인생, 그 달콤 쌉싸름한 맛에 대한 단상

고등학교 졸업을 앞두고 나도 이제 곧 대학생이라며 한동안 카페놀이에 심취했던 적이 있었다. 당시만 해도 학생들이 카페를 이용하는 경우는 많지 않아서, 혼자 창가 자리에 앉아 커피를 홀짝홀짝 하고 있으면 왠지 벌써 어른이 된 것 같은 느낌에 쓸데없이 뿌듯해지곤 했다. 마음 같아서는 나의 어른스러움을 더욱 돋보이게 할 만한 에스프레소를 마시고 싶었으나, 정작 시키는 메뉴는 언제나 초코시럽과 생크림이 잔뜩 들어간 따뜻한 모카였다는 건 안 비밀.

그러던 어느 날, 대학교 수시 면접을 치르고 온 같은 반 친구를 만났다. 어른이 되느라 수고한 서로를 위로한다는 명분으로, 우리는 아직 법적으로 출입이 허용되지 않은 술집을 대신해 카페로 향했다. 메뉴를 한참 보던 친구는 당이 떨어졌다며 핫초코를 시켰다. 야, 핫초코가 뭐냐 핫초코가. 괜한 핀잔의 말을 내뱉으며 센

척하는 내 입맛도 실은 핫초코를 외치고 있었지만, 애써 감췄다. 그리고 결심했다. 그래, 언제까지나 어린애처럼 달달한 것만 찾을 수는 없지. 오늘은 아메리카노, 너다. 널 마시고야 말겠다.

크게 심호흡을 하고 비장한 표정으로 계산대 앞에 섰다. 아메리카노는 모카보다 1,000원이나 저렴할 뿐만 아니라 칼로리도 한참 낮았다. 음, 완벽하군. 마음의 준비를 마치고 어느 때보다 당찬 목소리로 주문을 했다. 핫초코 한 잔이랑 아메리카노 한 잔, 아메리카노도 따뜻한 걸로 주세요. 아, 시럽은 빼고요.

원래 시럽은 안 들어간다며 무심하게 말하는 직원의 태도에 살짝 움츠러들었지만 아무렇지 않은 척 미리 맡아놓은 자리에 앉았다. 얼마 지나지 않아 우웅하는 소리와 함께 진동벨이 울렸다. 잽싸게 일어난 친구가 하얀 머그컵 두 개를 조심스럽게 쟁반에 받쳐 들고 돌아왔다. 그중 한 개는 생크림이 얹어져 있는 것을 보니 분명 친구가 주문한 핫초코일 거고, 그저 연기만 모락모락 올라오고 있는 나머지 하나. 저것이 오늘 내가 맛보게 될 인생의 첫 아메리카노렷다.

마치 소개팅에 나온 것 같은 긴장감과 기대감이 동시에 몰려왔다. 가만히 들여다본 컵 안에는 사약처럼 생긴 검은색 물이 파도치듯 찰랑거리고 있었다. 아무리 봐도 적응이 안 되는 비주얼. 그나마 다행은, 처음 맡아보는 커피의 향이 마음에 쏙 들었다는 건데. 살짝 입술을 가져다 대보니 엄청 뜨겁다. 후릅, 밀려오는 궁금함에 제대로 식히지도 않고 한 모금 들이킨 검은 액체를, 뜨거움에 못 이겨 곧장 다시 컵으로 돌려보내고 말았다. 잠시나마 머금었다고 이내 입 안 가득 향이 퍼지기 시작한다. 그런데 대체, 이 맛은 무엇인고.

아직도 기억이 난다. 마시자마자 맨 처음 든 생각은

이걸 왜 돈을 주고 먹는지 모르겠다는 것. 그다음은 불에 타고 남은 재가 이런 맛이 아닐까 하며 언젠가 모닥불 재를 맛본 적이 있는지 가만히 생각해보았다(단언컨대 그런 적은 없었다).마지막으로 이 액체가 한강공원 식수대에서 아리수마냥 공짜로 펑펑 쏟아진다 해도 절대 마시지 않겠다는 굳은 다짐. 이 모든 의식의 흐름이 단 몇 초 만에 일어났다.

시간이 조금 지나자 약간의 개운함이 찾아왔다. 단맛과는 또 다른 묘한 즐거움. 생경한 감각에 눈썹을 찌푸리며 한 모금을 더 들이켰다. 여전히 쓰고 요상한 맛이었지만, 아까보단 금방 익숙해진다. 슬슬 스스로를 세뇌하기 시작했다. 나는 지금 어른이 되는 통과의례를 행하는 중이다. 이것으로 난 오늘, 진정한 어른으로 다시 태어난다. 쓸데없이 비장한 각오를 다지며 천천히 잔을 비워갔다.

그랬던 내가 언제부터인가 단 커피는 마시지 못하는 지경에 이르렀다. 당이 필요한 날엔 달달한 음료를 시키기도 하지만, 대개 두어 모금 마시고 버리기 일쑤. 어느새 내 입맛은 적당히 쓴 아메리카노에 맞춰지고 있었다.

몇 년 전부터는 금단증상마냥 손이 떨리는 느낌까지 들 지경에 이르렀으니, 그럴 때면 급하게 카페를 찾아 커피를 수혈받았다. 이래서 담배를 못 끊나보군. 하다하다 흡연자들의 마음을 이해할 수 있게 되었다. 남들은 커피 마시면 잠을 못 잔다는데, 나는 그런 것도 없었다. 밤 10시에 마셔도 잠은 곧잘 왔다. 하루의 시작과 끝을 그와 함께했다. 흔하디흔하고 씁쓸한 것이 꼭 별 볼일 없는 내 일상과 닮은 것 같아서, 더 애틋하고 더 정이 갔을까.

사람들은 보통 인생의 쓴맛을 알코올의 쓴맛과 비교한다. 나이가 먹을수록 인생이 써지기 때문에 상대적으로 술이 달게 느껴진다는 것이다. 그래서인지 술을 무슨 맛으로 마시는지 잘 모르겠다고 말하면, "너 아직 인생의 쓴맛을 못 봤구나?"라며 젠체하는 대답이 돌아온다. 내가 그랬다. 술을 별로 좋아하지도 않고 잘 마시지도 못하는 나에게, 친구들은 종종 넌 아직 인생의 쓴맛을 모른다며 놀려대곤 했다. 딱히 대꾸할 말은 없었다. 어쩌면 사실일지도 모르겠다고 생각했으니까. 핫초코를 고른 친구보다 내가 조금 더 먼저 어른이 됐다는 순진한 우월감을 느꼈던 열아홉의 겨울처럼, 다른 사람들도 나를 그렇게 생각하지 말라는 법은 없을 테니. 불행인지 다행인지 요새는 알코올의 쓴맛에도 조금씩 적응이 되어가고 있다.

어떤 맛을 선호하느냐는 그저 개인의 취향 차이에 불과하겠지만, 그런 기분이 든다. 인생을 조금 더 낭만적으로 비유하고 싶은 작은 욕심. 달콤한 맛만 느끼면서 살 수 있는 어렸을 때와는 달리, 어른이 된다는 건 한편으론 쓴맛에 익숙해져야 한다는 뜻이기도 하니까.

그리고 삶이라는 건, 세상에 달달함만 있는 것이 아니라 때로는 짜고, 시고, 쓰고, 맵기까지 한 고통스러운 감각이 더 많다는 사실을 인정해가는 과정이라는 것을. 스무 살엔 커피로, 서른 살엔 술로. 서로 인생의 쓴맛을 아니 모르니 따져가며, 스스로가 조금씩 어른이 되어가고 있음을 그렇게나마 증명하고 싶었던 걸지도.

그럭저럭 잘 살고 있습니다

대학가는 게 가장 쉬웠어요, 라고 말하면 길가다 돌 맞을지도 모르겠지만 실제로 그랬다. 한창 공부해야 할 고등학교 야자시간에, 다이어트를 하겠다며 재즈댄스를 배우러 다녔으니. 벼락치기가 체질에 맞았던 나는 딱 사나흘의 시험 기간 동안만 밤새워 교과서를 달달(물론 국영수 학원은 기본으로 다녔고) 외웠는데, 그러면 내신 성적은 그럭저럭 잘 나왔다. 다만 수능에는 자신이 없어서 1차 수시로 논술고사를 치르는 학교를 골라 지원을 했다. 정말 운이 좋게도 지원한 네 학교 중 한 곳에 붙었고 나는 친구들보다 조금 빨리 고3 생활을 마무리할 수 있었다. 말하고 보니 나, 내 인생의 모든 운을 아무래도 그때 다 쓴 듯하다.

대학입시라는 첫 관문을 생각보다 쉽게 통과해서일까. 열아홉에서 스무 살로 넘어갈 무렵의 하루하루는 기대와 설렘의 연속이었다. 하지만 그건 말 그대로 맛보기 스테이지에 불과했다. 몇 번째 스테이지까지 있는지 가늠도 안 되는 이 게임은, 내가 어디까지 버틸 수 있나 시험이라도 하듯 갈수록 어려워졌다. 졸업을 앞두고 한 번의 고비가 찾아왔다. 취업이라는 것, 말 그대로 먹고 사는 문제. 누구도 피할 수 없는 이 관문 앞에서, 한참을 고민하다 눈앞에 보이는 잠시 멈춤 버튼을 눌렀다. 1년이라는 휴학 기간 동안 내가 무엇을 좋아하고 어떤 걸 잘할 수 있을지 스스로를 톺아보는 시간을 갖기로 했다.

길고긴 생각 끝에 겨우 마음에 드는 직업 하나가 떠올랐다. 서비스 관련 알바 경험도 많고 여행을 좋아하니까 승무원을 한 번 해 보자. 그렇게 시작된 도전은 힘들게 얻어낸 일곱 번의 면접 기회 중 단 한 번을 통과하지 못하고(칠전팔기하고 싶었으나 여덟 번째부터는 서류 탈락이더라)무너져버렸다. 자기 성찰을 잘 못한 걸 수도 있겠지만 뭐, 어쨌든. 그렇게 두 번째 스테이지에 첫 발을 떼자마자, 미처 발견 못한 돌부리에 걸려 제대로 엎어지고 말았다. 더 슬픈 건, 지금 나에겐 아픔을 달랠 시간조차 없다는 사실이었다. 이 정글 같은 세상에 헐벗은 백수의 몸으로 내던져지게 생겼으니. 조급해진 나는 까진 무릎을 대충 털어만 내고 곧바로 다른 직장을 알아봐야 했다.

동기들에 비해 낮은 스펙으로는 선택할 수 있는 옵션이 많지 않았다. 그렇다고 이제 와서 대졸 공채를 준비할 만큼의 열정이 있는 것도 아니었다. 피할 수 있는 건 최대한 피하자. 내 나이 스물다섯의 인생 모토였다. 그렇게 소신껏(?) 작성한 이력서를 들고 면접을 보러 다니다 졸업과 동시에 어느 로펌의 계약직 비서로 들어갔다. 쥐꼬리만도 못한 월급과 함께 태어나 처음으로 사원증이란 걸 받았다.

몇 년 전, 그러니까 잠시 휴학을 하고 강남역으로 영어 학원을 다닐 때쯤이었던 것 같다. 점심시간이면 자신의 사진이 박힌 사원증을 목에 걸고 거리를 돌아다니는 직장인들을 자주 볼 수 있었는데, 그 모습이 대단히 어른스럽게 느껴졌다. 24시간이 자유로운 휴학생인 나와 달리 그들은 하루 중 겨우 한 시간 남짓의 자유였을 텐데도, 어쨌거나 내게는 동경의 대상이었다. 저 풍경 속에 내가 있었으면. 네모난 카드를 목에 걸고 한 무리의 사람들 사이에 자연스럽게 섞여 복잡한 도심을 배회하는 스스로의 모습을, 나는 곧잘 머릿속으로 그려보곤 했다. 그런데 오늘, 그 상상이 현실로 이루어진 것이다. 비록 1년이라는 유효기간은 있었지만.

월급이 적은 것만 빼면 계약직이라도 대우가 나쁘지

않았다. 정시 출퇴근에 근무환경도 깔끔했고 급여에 맞는 적당한 강도의 업무가 주어졌다. 입사 날짜가 비슷한 동갑내기들도 있었다. 같은 처지의 우리는 금세 친해졌다. 점심시간이 되면 뭘 먹을까 고민하는 것도 행복했다. 아무도 관심 없건만, 회사 밖으로 나갈 때면 보란 듯이 사원증을 목에 내걸었다. 그 기분은 마치 열여덟 살 생일이 지나고 처음으로 주민등록증을 만들었을 때의 느낌과 비슷했다. 이제부터 넌 진짜 어른이야, 라고 인정받은 것 같은 묘한 뿌듯함과 설렘.

슬프게도, 그런 감동의 순간은 오래가지 않았다. 진짜는 그 뒤부터였으니까. 업무적인 건 둘째치고, 처음 사회에 나와 겪는 인간관계는 문과 출신인 나에게 너무 풀기 어려운 수학 문제처럼 다가왔다. 까칠한 유부녀 선배 비위 맞추는 법, 직원들이 쉬는 꼴을 못 보는 상무님에게 여름휴가 결재 받는 법, 카풀을 하자는 동

끝나고 영화를 보러 가자는 둥 젊은 여직원만 보면 치근거리는 차장님에게 상처 주지 않고 거절하는 법 등등. 모르는 일이야 어떻게든 부탁해서 배우면 된다지만 사람을 상대하는 실질적인 생존 방법에 대해서는 아무도 가르쳐주지 않았다.

회사에 대한 실망감이 커질수록 인내심은 작아졌다. 나는 4개월 만에 퇴사를 결심했다. 첫 사직서를 너무 빨리 던진 건 아닐까 하는 걱정은 있었지만, 미련은 없었다. 한 가지 간과한 것은, 회사를 그만두는 일이 들어가는 것 이상으로 어렵다는 사실이었다. 겨우 탑승한 구조헬기에서 혼자 튕겨져 나와 다시 정글로 떨어져버린 느낌이랄까. 그렇게 두려움에 질린 내 뒤꽁무니를, 엄마의 잔소리가 굶주린 치타처럼 쫓아온다. 이게 끝이 아니다. "흥, 네깟 게 우리 회사를 나가서 잘될 것 같아?"라는 저주 섞인 상사의 회유와 인수인

계 기간 동안 감내해야 하는 따가운 시선과 눈초리까지. 그 모든 난관을 극복하고 다시 자유의 몸이(라 쓰고 백수라 읽는다) 되어 회사 밖을 나오는 순간, 드디어 미션 클리어다.

바로 다음 스테이지가 이어지니 방심은 금물,
시간이 났을 때 물 한 모금 마시고
운동화 끈 한번 질끈 묶어요.
지금이 아니면 언제 또 쉴 수 있을지 모르니까.

오늘은 누구에게나 가장 늙은 날

스무 살의 내 시선에서 바라본 서른 살은 아줌마, 아저씨였다. 외모가 나이 들어 보인다는 의미가 아니라 단순히 '서른'이라는 두 글자가 주는 어감이 그랬다. 법적으로는 같은 성인이지만 스무 살은 아직 어른 흉내를 내는 아이 같은 느낌이고, 서른 살은 거의 완전체에 가까운 어른이랄까. 서른과 어른. 단어도 고작 자음 하나 차이 아닌가. 그래서 궁금했다. 서른이 된다는 건 어떤 느낌일지. 더군다나 우리나라처럼 나이에 민감한 사회에서 서른이란 나이는 어떤 의미를 가지는 건지. 스물여섯만 되어도 날짜 지난 크리스마스 케이크라 안 팔리겠다는 소리나 듣는데, 여자 나이 서른이면 세상 다 산 거나 마찬가지 아닐까. 지금 들으면 코웃음이 나올 만한 우스운 고민이지만, 그땐 나름 진지했다.

그런데 막상 걱정했던 나이가 됐는데도 생각보다 별

게 없다. 너무 별 게 없어서 서운할 정도로. 앞자리만 바뀌었다 뿐이지 내 생활이 바뀐 건 없었다. 20대 후반에 시작한 연애는 서른 살까지 이어졌고, 여전히 눈을 뜨면 출근하고 퇴근하면 눈을 감는 직장인의 삶을 살고 있다. 서른 되면 소개팅도 안 들어올 거라며 겁을 주던 사람들은, 내가 막상 서른이 되니 어디로 숨었는지 보이질 않았다. 심지어는 이렇게 말하는 사람도 있었다. 서른이라고? 한창 좋을 때네.

스무 살이 스물다섯 앞에서 "내가 벌써 스무 살이라니." 하고 한탄을 늘어놓으면 어이가 없어 꿀밤 한 대 먹이고 싶은 것처럼, 한 살만 어린 사람을 만나도 스스로가 대단한 어른처럼 느껴질 때가 있다. 그런데 이건 대부분의 사람들이 비슷한가 보다. 내가 쓰는 글이 서른에 관한 이야기라는 것을 알게 된 누군가는, 네가 인생에 대해 얼마나 안다고 그런 글을 쓰느냐는 반응을 보이기도 했다. 물론 서운하지 않았다면 거짓말. 하지만 나 또한 스물아홉의 깊이가 서른보다는 얕을 거라 쉽게 판단하고 흘려버린 적이 분명 있었으니까. 그와 마찬가지로 이미 서른 살을 지난 누군가에게는 나의 이야기가 조금은 같잖게 느껴졌을 수도 있겠지. 그제야 알았다. 나보다 어리다는 이유로 그 사람이 살아온 세월의 깊이를 함부로 어림짐작하는 건 엄청난 실례라는 것을. 스무 살이든 마흔 살이든, 누구나 그의 인생에서는 오늘이 가장 젊은 날이자 늙은 날이니 말이다.

내가 살면서 보아온 나보다 나이가 많은 어른들은 10년만 젊었어도, 다섯 살만 어렸으면, 하고 습관처럼 이야기했다. 불가능한 일임을 알면서도 충분히 사랑해주지 못한 자신의 지난날들이 못내 아쉬운 듯 그렇게 말했다. 안타까운 사실 하나는 그에 대한 미련이 너무나 짙게 남은 바람에, 지금의 나이마저도 천덕꾸러기

취급을 당하고 있다는 것이다. 10년 전의 시간에만 온통 마음이 쏠려 정작 오늘 주어진 하루는 제대로 돌봐주지도 않으면서, 마치 뫼비우스의 띠처럼 10년 후에 또 다시 오늘을 갈망할 사람들. 그런 의미 없는 후회를 되풀이하고 싶지 않았다. 마흔의 나이에 서른을 부러워하고 쉰이 되어서 마흔을 그리워하지 않도록, 지금 내 곁에 머물러 있는 서른 살을 실컷 사랑해주리라. 그렇게 다짐했다. 내가 떠나보낸 시간들이, 한 사람의 삶으로서 부족하지 않을 만큼의 충분한 의미와 가치를 품을 수 있길 바라면서.

내 남은 인생에서 가장 어린 하루가 될 오늘을
후회 없이 사랑하고, 또 살아가겠다고.

너만 그런 거 아니야

우리, 오늘은 솔직한 이야기를 좀 해볼까? 너와 내가 걸어온 위대한(?) 흑역사 같은 거 말야. 창피하다고? 에이, 뭐 어때. 흑역사 없는 서른 살이 어딨어? 아, 너무 쪽팔린 기억이라 본의 아니게 머릿속에서 지웠을 수는 있겠다. 말하기 좀 그러면 내가 먼저 얘기할게. 물론 나도 쑥스러운 건 마찬가지지만.

난 학창시절 때부터 인기가 많은 스타일은 아니었어. 아니, 없다고 해도 무방하겠다. 왜, 반에 그런 애 한 명쯤은 있잖아. 화장기 없는 얼굴에 빵빵이 안경 끼고 평범한 무리 속에 눈에 띄지 않게 섞인. 다행히 공부는 그럭저럭 했지만, 숫기가 없어서 선생님이 수업시간에 교과서 읽는 것만 시켜도 염소 울음소리가 났지. 남자애들이랑은 뭐, 남녀칠세부동석을 철저히 지키며 담을 쌓은 수준이고. 누군가에게 내 이름을 말하면 "아, 걔?" 하는 정도로 끝. 전혀 튀지 않는, 정말 평범함 그 자체. 그러니 남들은 떡볶이 먹으면서 연애할 때도 난 짝사랑만 하기 바빴지. 내가 좋아했던 남자애들은 하나같이 나한테 관심이 없더라고. 짠하게도 내 짝사랑은 매번 실패로 끝났어. 그래서인지 연애하는 애들 보면 부럽기도 하고 무엇보다 너무 신기하더라. 내가 좋아하는 사람이 나를 좋아하는 건 어떤 기분일까, 늘 궁금했지.

스무 살이 넘어서야 그나마 좀 남자 사람과의 교류가 생기기 시작했어. 학생 때는 누가 누굴 좋아하는 게 티가 나면 막 부담스러운 분위기가 만들어지다 보니까, 그게 되게 부끄러운 일같이 느껴졌거든. 놀림받을까 봐 더 감추려고 하고, 숨기려고 하고. 그런데 역시 어른들은 다르더라고. 짝사랑이건 쌍방향 사랑이건, 남녀가 호감을 가지는 게 부끄러울 일이 아니라 인간으로서 너무나 자연스럽고 당연한 현상이라는 걸 깨달은 거지. 나도 그때쯤부터는 좋아하는 선배 오빠랑 밥도 먹고, 술도 한잔 하면서 이성과 친해지는 방법을 터득했어. 그러다 보니 없던 숫기도 조금씩 생기기 시작하더라. 마음에 드는 사람이 생기면 먼저 말도 걸고, 좋으면 좋다 티도 내고. 난 내가 그럴 수 있을 거라고는 전혀 상상도 못했는데 말야.

사실, 스물다섯 살까지 내 연애사는 처참했어. 열에 일곱은 썸만 타다 끝났고, 겨우 둘, 셋 정도가 연애로 발전했지. 그나마도 5개월을 넘은 연애가 없었어. 나처럼 들이대는 여자는 부담스럽대. 이성으로 보이기보다는 그냥 친한 여동생 같다나 뭐라나. 근데 나도 참 웃긴 게, 아무리 그런 말을 들어도 전혀 고칠 생각이 안 들더라고. 난 여전히 내가 좋아하는 사람이 좋았어. 응? 당연한 거 아니냐고? 아니 왜, 그런 말 있잖아. 여자는 날 좋아해주는 사람을 만나야 좋은 거라고. 여자로서 자존심도 지키면서, 마음 졸이지 않고 편하게 연애할 수 있으니까 너한테 잘해주는 사람 있으면 마음에 들지 않아도 일단 만나나 보라고. 한두 번 만나다 보면 좋아질 거라고, 다들 그렇게 말하더라고.

근데 난 그게 진짜 안 되더라. 조신하게 기다리다 간택받는 건 내 성격엔 좀 안 맞았던 것 같아. 왜 여자는 자기가 좋아하는 사람을 만나면 안 되는 거야? 그깟 자존심이 뭐라고? 그렇게 자존심 내팽겨치고 적극적으로 살다가, 자면서 이불킥할 흑역사를 창조하게 된 거지. 좋아하면 좋아한다 먼저 고백하고(그러다 거절도 당해보고), 연애하다 차이면 한두 번쯤 상대방 바짓가랑이 붙잡아도 보고, 세상 모든 이별 노래가 내 애

기인 양 이어폰 꼽고 눈물 뚝뚝 흘려보기도 하고, 그래도 생각나면 술 먹고 새벽 2시쯤 전화도 걸어보고(상대방은 안 받고). 그래야 직성이 풀렸는지 확인 사살을 단행했지. 쪽팔리지만 그렇게 미련이 덕지덕지 묻은 시간을 좀 보내다 보면 어느 날 아침부터는 꼭 다시 태어난 것처럼 개운한 기분이 들더라. 펑펑 울고 난 다음에 느껴지는 후련함과 새로운 시작에 대한 기대감이 동시에 찾아왔지. 이제와 생각해보니까, 그게 다 헤어짐의 아픔을 극복하기 위한 나름의 비결이었던 것 같은데. 맞아, 사실 별 거 없어. 그런 식으로 다시 연료 채워 넣고, 오뚝이처럼 또 일어서는 거지.

혹시 지금 만나고 있는 그 사람과 잘까 말까 고민 중

이야? 혼전순결같이 지극히 개인적인 신념이 있어서라면 고민도 안 할 거고 나도 말리지 않겠지만, 만약 그런 이유가 아니고 나에 대한 상대방의 마음이 식을까 봐, 뭐 이런 거라면 진짜 쓸데없는 걱정이라고 말해주고 싶다. 1년 후, 10년 후에 자도 떠날 놈은 떠나는 법인데, 그거 간 보다가 아까운 10년 날릴 순 없잖아? 우리가 적은 나이도 아니고, 고장 난 버스면 빨리 치우고 다른 버스 기다려야지. 자꾸 너에게 있는 선택권까지 상대방 손에 쥐어주지 말라고, 답답하게스리. 그리고 난 개인적으로 몸을 준다는 표현 진짜 별로야. 주긴 뭘 줘, 내 건데. 지금까지 그래왔고 앞으로도 쭉. 내 몸은 내 거고, 내 즐거움은 내가 챙기는 거야. 막 살라는 건 아니지만 그렇다고 너무 억압받지도 말란 뜻이야. 니가 좋으면 좋은 거고 싫으면 싫은 거지 남의 눈치 볼 필요 뭐 있어. 아, 딱 하나. 유부남만 아니면 돼. 위자료가 두렵지 않은 금수저라면 몰라도, 우리 상도덕은 지키자.

그래, 그렇게 잘난 척하는 넌 서른 살이 돼서 뭐가 좀 달라졌냐고? 아니, 난 여전히 그래. 도도함과 찌질함 사이를 열심히 왔다 갔다 하고 있지. 밥 먹고 싶으면 밥 먹자 하고, 술 한잔 하고 싶으면 술 한잔 하자 말해. 때로는 분위기에 취해 먼저 고백하기도 하고. 좋으면 좋다, 싫으면 싫다, 솔직하게 표현하며 살고 있지. 내일은 없을 것처럼 열렬히 사랑하면서도, 이별의 순간은 여전히 견디기가 힘들어. 이쯤 되면 항체가 생길만도 한데, 아마 그쪽 면역력은 평생 안 생기려나봐. 아직도 생으로 앓는 거 말고는 달리 방법이 없더라고. 그래도 어쩌겠어, 정도의 차이일 뿐 누구에게나 이별은 아픈 법이니.

그러니까 난 네가 좀 더 튼튼한 마음을 가졌으면 좋겠어. 뒤통수 한 대 세게 후려 맞고 쓰러지더라도 잠시

기절해 있다 툴툴 털고 일어날 수 있게. 괜찮아, 같은 어쭙잖은 위로를 하고 싶은 건 아니야. 괜찮지 않을 수도 있지. 아니, 사실 괜찮지 않아도 괜찮아. 종이에 손가락만 살짝 베여도 따가울까 봐 손 씻기도 무서울 때가 있는데, 안 괜찮으면 어때. 다만 너무 오래 주저앉아 있진 않았으면 좋겠다는 거야. 그 어떤 형태의 이별이라도 세상에 나만 겪는 건 없고, 나와 비슷한 아픔을 겪는 사람이 어딘가에 또 있다는 건 어쨌든 위로가 되니까. 그리고 무엇보다도, 이렇게 시간 보내기엔 청춘이 아깝잖아?

너만 찌질한 거 아니니까 너무 걱정하지 말고,
한 살이라도 더 어릴 때 원없이 사랑하고,
이별하고, 슬퍼하고, 행복하기를.

지금, 당신의 행복은 무엇인가요?

서른의 끝자락에 다녀온 스페인 여행은 감탄의 연속이었다. 태어나 처음 마주하는 황홀한 광경에 나는 쉴 틈 없이 셔터를 눌러댔다. 지금 눈에 비치는 저 멋진 풍경들을 그대로 카메라에 담고 싶었으나 그건 아무리 훌륭한 전문가라도 불가능한 일. 문득 인간의 눈에 카메라를 심을 수 있으면 좋겠다는 생각이 들었다. 그래서 특별한 노력 없이도 내가 보는 모든 것들이 기록되어, 언제든지 다시 꺼내 볼 수 있으면 참 좋겠다고. 그것도 희미한 잔상이 아닌 고해상도의 아주 좋은 화질로 말야.

그러던 와중에 갑자기 지금껏 잊은 채 살아온 한 여인네가 떠올랐다. 그녀의 이름은 세일러문. 지금의 서른 살들이 초등학생이었을 무렵 누구나 한번쯤 꿈꿔본 다른 차원의 세상 속 그녀는, 아직 만화와 현실을 구분하기 힘든 어린 소녀들에게 동경의 대상이었다. 나라고 예외는 아니었다. 매일 저녁 텔레비전을 통해 나오는 만화영화를 챙겨보는 건 물론, 얼마 되지도 않는 용돈을 아끼고 아껴 그걸로 만화책까지 사 모을 정도였으니까. 그런데 참 이상하게도, 책꽂이에 책이 늘어갈수록 그녀에 대한 나의 관심은 점점 멀어져갔다. 언제든지 볼 수 있다는 오만한 안도감이 오히려 애정도를 떨어뜨렸을까. 책꽂이 가운데 가장 눈에 띄는 자리에 차분히 놓여 있던 그녀는 어느 순간부터 점점 밀려나더니, 결국에는 헐값에 헌책방으로 넘겨졌다.

어느 열 살 소녀의 우상이었던 그녀는, 어떤 새로운 기억에게 자신의 자리를 내어주고 사라져 버렸을까. 그렇게 우리가 인식하지 못하는 사이, 또 얼마나 많은 추억들이 빙봉(영화 〈인사이드아웃〉에 등장하는 캐릭터로 주인공 소녀의 어린 시절을 함께한 상상 속의 친구)처럼 사라져갔던가.

그런 내가 이 풍경을 그대로 저장한다 한들 꺼내보기나 할까. 아니, 나는 또 예전처럼 언제든 볼 수 있다는 어리석은 안도감을 명분 삼아 그 기억들을 다른 기억으로 갈아치우겠지. 그래서 신은 존재하는 모든 것들이 저절로 기록되지 않도록 태초부터 이 세상을 설정해 놓았을 것이다. 올지 안 올지도 모를 나중을 기약하지 말고 지금 이 순간에 더 충실하라고 말이다. 그런데도 우리는 자꾸만 완벽한 기록을 남기고 싶다는 욕심에 눈앞의 진짜 현실을 놓치는 과오를 범한다. 누가 봐도 멋진 인증샷을 찍었다 한들 그 모든 것이 내 눈이 아닌 카메라 렌즈를 통해 본 세상이라면, 하룻밤 유희와 다른 게 뭔지. 지나고 나면 뒤늦게 찾아오는 허무함. 그것은 어쩌면 시간조차 박제하고 싶어 안달이 난 탐욕스러운 인간들에게 신이 내리는 작은 벌이지도 모르겠다.

신줏단지 모시듯 소중히 들고 있던 카메라를 내려놓았다. 도대체 누구를 보여주려고 자꾸만 더 멋진 구도를 찾아가며 수백 장의 사진과 수 기가가 넘는 동영상을 찍고 있는 걸까. 혼자 온 여행에서 이런 식의 기록이 무슨 대단한 의미를 갖는다고. 나는 카메라 대신 아무것도 덧씌워지지 않은 순결한 두 눈을 통해 그토록 간직하고 싶었던 오늘을 담아내기 시작했다.

박제된 모든 것은 아름다울 수 없으나, 살아 있는 모든 것은 아름답다. 그제야 깨달았다. 내가 진짜로 남기고 싶었던 건, 기가 막히게 잘 찍은 사진 한 장이 아니라, 지금 이 순간 새로운 세상을 직접 내 눈으로 바라보면서 떠오른 생각들과 감정들이었다. 조심스럽게 펜을 꺼내 들었다. 시간을 박제할 수는 없지만, 다행히 나의 오늘을 글로 남기는 것 정도는 허락되었으니까. 그것만으로도 감사했다. 아무리 그리워도 다시 돌려볼 수 없고 다른 이들에게 자랑할 것도 남지 않겠지만, 그런 사실은 더 이상 중요하지 않았다. 대신에 가만히 눈을 감으면, 나는 오늘 느낀 날 것 그대로의 감정들을 그 어떤 고화질 영상을 통해 보는 것보다 더 생생하게 떠올릴 수 있을 테지.

눈부시게 아름다웠다. 카메라 렌즈 따위를 통하지 않고 바라본 세상은. 다시 돌아오지 않을 지금 이 순간만큼이나 영롱하게 빛나고 있었으니까.

그래, 기록으로 남지 못한 모든 것은 기록할 수 없기에 더욱 찬란해야 한다. 박제되지 않은 우리의 오늘처럼.

신기해, 너는. 이상향 같은 사람이야. 그날 밤, 나란히 길을 걷다 네가 말했다. 미묘한 감정의 기류가 흐르고 있긴 했지만, 네가 그 얘기를 꺼내기 전까지 우리는 서로에게 그리 특별한 의미는 아니었다.

"이상향? 이상형도 아닌 이상향이라니. 그게 어떤 뜻인 줄 알고 말하는 거야?"
네가 무슨 의미로 그런 말을 한 건지 알 것 같으면서도, 함부로 단정 지을 수는 없었다. 다만 너의 입술을 비집고 나온 그 세 글자는, 꽤 오랜 시간 내 귓가를 맴돌며 여운을 남겼다.
너에게 그런 과분한 얘기를 들을 만큼의 자격이 내게 있을까. 다른 이들에게 난, 언제나 골칫덩어리에 불과했는데 말야.

그런데 그거 알아?

나도 너와 똑같은 생각을 했거든.

나는 그저 네 뒤를 좇았을 뿐인데,

네가 좇던 그 뒷모습은 나의 것이었구나.

닿을 듯 닿지 않는 서로의 꼬리를 잡으려

우리는 그토록 오랜 시간 애를 태웠을까.

그렇다면 네가 말한 이상향의 의미는, 흔히 알려진 사전 그대로의 뜻이 아닌 이상향理想向이었으리라.
고정된 유토피아가 아닌, 목적지가 정해지지 않은 미지의 방향. 어쩌면 우리에겐 이미 모든 것이 완벽하게 갖춰진 세상보다, 마음먹기에 따라 얼마든지 변화를 만들어낼 수 있는 무한한 가능성의 우주가 어울릴 거야.

너와 나의 서른 살은,

불안한 만큼 더 반짝일 테니까.

나는 오래도록 너의 이상향이고 싶어.

이 혼돈 가득한 세상에서 길을 잃지 않도록

내가 너의 별이 되어줄게.

너는 바다가 되어, 그런 나를 누구보다

소중히 품어줄래.

남들보다 느리게 가면 뭐 어때?

살아 보니 계획대로 되는 건 많지 않았다. 인생이란 지름길이 아닌 우회로를, 잘 닦인 아스팔트가 아닌 흙탕물 범벅에 울퉁불퉁한 길을 맨발로 걷는 것이었다. 그나마 좀 더 잘 다져진 길이 나타나면 그쪽으로 들어서기도 하고 막다른 골목에선 다시 돌아 나오기도 하면서 그렇게 조금씩, 천천히, 느리게. 목이 마르면 잠시 멈춰 물을 마시고, 너무 지칠 땐 그저 자리에 앉아 쉬었다.

나는 어느새 무리에서 한참 뒤처져 있었다. 힘이 들기도 했지만, 그보다도 앞만 보고 걷기에는 주변에 흥미로운 풍경들이 너무나 많았다. 몇 발자국 앞서 가던 친구가 빨리 따라오라며 나를 재촉했다.

다들 열심히 뛰는데 왜 너만 걷고 있어? 조금만 더 힘내. 나는 친구에게 물었다. 나 너무 힘들어. 우리 여기 구경도 하면서 조금만 천천히 가면 안 돼? 왜 빨리 가야 하는 거야? 친구가 대답했다. 다들 빨리 가잖아. 너만 힘든 거 아니니까 엄살 부리지 말고 얼른 따라와.

너만 힘든 거 아니니까, 라는 말 뒤에 엄살 부리지 말라는 말이 붙으니 전혀 다른 의미로 들려왔다. 넌 왜 남들처럼 노력하지 않아?

지금까지 살아오면서 가진 재능에 비해 노력을 하지 않는다는 말을 참 많이 들었다. 도대체 나에게 무슨 재능이 있다는 건지는 아직도 잘 모르겠지만, 어쨌든 노력을 하지 않는다는 말은 어느 정도 인정한다. 아, 인정한다기보다는 왜 그렇게 생각하는지 이해는 할 수 있다. 다만 내 나름의 노력이 폄하당하는 건 조금 억울했다. 살면서 단 한 번도 노력하지 않은 적은 없었다.

그저 노력하는 분야가 달랐을 뿐.

나는 경쟁에는 소질이 없었다. 그래서 치열하게 살지 않기 위해 노력했다. 모든 것을 다 가질 수는 없기에, 둘 중에 하나만 선택해야 하는 상황이 오면 한쪽은 과감히 버렸다. 삶의 기준이 분명해서였을까. 선택하고 포기하는 일은 나에겐 그리 어렵지 않았다. 그렇게 양자택일의 상황에서 쉽게 하나를 버리는 내 모습이 아마도 누군가의 눈에는 노력하지 않는 사람으로 보였을지도 모르겠지만.

많지 않아도 먹고살 수 있을 만큼의 돈을 벌고, 적당히 여유를 가지며 살고 싶었다. 속도는 더디지만 나는 분명 내가 원하는 방향으로 나아가고 있었다. 무리에서 뒤처져 혼자 걸으니 오히려 조바심이 사라졌다. 눈치를 볼 사람도, 비교할 대상도 없으니 더 이상 스스로를 비하하지 않아도 되었다. 그것만으로도 이유는 충분했다.

중간중간 옆으로 난 새로운 길이 궁금할 때면 주저하지 않고 방향을 틀었다. 해보고 싶은 일 중에 할 수 있는 건 다 해봤다. 안 되는 일도 있었다. 그래도 시도는 했다. 앞서가는 이들과의 거리가 점점 더 벌어졌지만 개의치 않았다. 누가 쫓아오는 것도 아니고 나는 나만의 속도대로 가면 그만이라고 생각했기 때문에.

모두가 같은 목적지를 향하는 것은 아니었는지, 무리를 지어 가던 이들도 어느 순간부터는 서로 다른 길로 들어서기 시작했다. 그것이 아마 서른 즈음일까. 누군가는 이직을 하고, 누군가는 퇴사를 하고, 누군가는 묵묵히 자신의 자리를 지켰다. 누군가는 결혼을 하고, 또 누군가는 이혼을 했다. 누군가는 부모가 되고, 누군가는 혼자 살겠다고 결심한다. 그렇게 누군가는 남고, 또 누군가는 떠났다.

느리게 가는 건 생각보다 많은 용기를 필요로 했다. 밤이면 달빛도 없는 캄캄한 길 위를 혼자 헤매고 때로는 노숙을 불사하는 것. 나를 추월하는 사람들의 연민 어린 시선을 덤덤히 받아내고, 잊을 만하면 찾아와 괴롭히는 불안과 싸우는 것. 남들의 속도에 맞추지 않고 내 발걸음대로 간다는 말의 의미는 이 모든 일들을 스스로 감당해낼 수 있어야 한다는 뜻임을, 부딪히고 넘어지며 온몸에 상처가 난 후에야 깨달았다. 누군가 나에게 미리 알려주었더라면 조금은 덜 다칠 수 있었을까. 어른들은 그저 많은 사람들이 가는 길로 따라가기만 하면 된다고, 그렇게만 말해주었는데. 나를 재촉하던 친구도 아마 그렇게 배웠을 것이다. 혼자 알아서 찾아가는 방법에 대해서는 아무도 가르쳐주지 않았다.

지도에 나오지 않는 길을 길잡이의 도움 없이 찾아가는 건 고생스럽지만 꽤나 재미있었다. 정전이 된 집안에서 손끝의 감각에만 의지한 채, 나의 새끼발가락을 노리는 온갖 잡동사니들을 피해가며 초와 성냥을 찾는 기분이랄까. 단체관광으로 바쁘게 다닐 때는 미처 보지 못했던 유럽의 어느 뒷골목 아담한 카페를, 혼자서 천천히 여행하다 보면 우연히 발견하듯이 말야. 소소한 낭만이 곳곳에 숨어 있으니 그걸 찾는 재미와 기대감에 가는 길이 힘들거나 지루하지가 않은걸.

나에게 부착되어 있던 최첨단 내비게이션은 이미 먹통이 된 지 오래. 나는 아마 남들보다 더디게, 그리고 아주 늦게 목적지에 도착할 것이다. 아니, 어쩌면 영원히 도착하지 못할 수도 있다. 그러면 또 어때, 가는 동안의 그 시간들을 충분히 즐길 수 있으면 됐다. 덕분에 너를 만났으니. 혜민스님께서도 말씀하시지 않았던가.

멈추었을 때야 비로소 보이는 것들이 있다고.

느린 걸음이 찾아낸 보물 같은 삶의 낭만들이
내 앞에 놓인 길을 더욱 풍요롭게 만들어
줄 거라 믿었다.
소원이 이루어진 걸까. 혼자인 줄 알았던
아득한 그 길에서
나는 기적처럼 네가 머무는 별을 발견했다.

너의 시간도
아주 천천히 흐르고 있었다.

여전히, 내 곁에 있어줘서 고마워

안 그래도 좁은 발이, 점점 더 좁아지고 있다. 이러다간 아예 사라져버릴 것 같다. 카톡 친구 리스트에 뜨는 300명 중 막상 스스럼없이 얼굴이나 보자고 연락할 수 있는 상대는 열 명이 될까 말까인데, 채팅창마다 '언제 밥이나 먹자'는 식의 공허한 약속들이 넘쳐난다. 요새는 쓸데없는 고민까지 생겼다. 혹시라도 내가 결혼이란 걸 하게 된다면, 청첩장은 어디까지 돌려야 하나. 축의금만 들고 홀연히 사라진 인연들이 적지 않다. 이럴 줄 알았으면 아싸리 내가 1등으로 결혼할 걸 그랬나 하는 후회가 드는 것도 잠시. 생각해보면 나 또한 그들에게 그리 살가운 친구는 아니었다.

인간관계만큼 기브앤드테이크가 확실한 게 또 있을까. "정말 내가 소중한 친구라면, 대가 없이 애정을 베풀어야 하는 것 아니야?"라는 아마추어 같은 소리는 고이 넣어두자. 어쩌면 서로 적당히 주고받는 것이 관계를 오래 지속시키는 힘인지도 모른다. 속물이라 해도 어쩔 수 없다. 매번 얻어먹기만 하는 친구를 자주 만나려고 하는 사람은 없으니까.

아마 우리의 발은,
나이가 들수록 점점 더 좁아질 것이다.
대신에 그 이상의 깊이를 얻을 시간이 잠시
주어지니, 그 기회를 놓치지 마시길.

외로움을 알아가다

어떤 연애가 끝나고 다시 혼자가 되었을 때 나는 내가 생각보다 외로움이 없는 사람이라는 걸 깨달았다. 웬만한 일은 혼자서도 다 할 줄 알았고, 분위기 좋은 장소를 발견하면 친구들과 가는 것도 꽤 즐거웠으니까. 반드시 연인과만 해야 하는 일은 없었다.

외로움이란 게 뭘까. 대체 왜 사람들은 외로움을 느끼는 걸까. 혼자 해도 즐거운 일들이 세상에 이리 많은데. 신경 쓸 상대가 없으니 온전히 스스로에게 집중할 수 있고, 연인의 눈치를 보지 않아도 되니 외박이건 여행이건 얼마든지 가능한 자유의 몸. 이 좋은 걸 포기하면서까지 꼭 연애를 해야 하나. 뭐, 이 뻔하고 지겨운 일상에서 마치 내일이 없을 것처럼 오늘 하루를 같이 즐길 수 있는 사람이 있다면 만나봐도 나쁘진 않겠다고 생각했다. 굳이 연애를 해야 한다면, 그리고 혹시라도 그런 사람이 실제로 존재한다면 말이다. 그것은 한편으론, 서른이 넘은 사람 중에 그런 사람은 당연히 없을 거라 생각했기에 그냥 막 던져본 말이기도 했다. 그래, 너를 만나기 전까지는.

처음이었다, 나 같은 사람. 호기심이 생겼다. 비슷한 성향을 가진 사람과 연애를 한다는 건 어떤 느낌일까. 보통은 싸우기 십상이라던데 아직까지는 그런 사람을 만나본 적이 없어서 잘 모르겠다. 분명한 건, 나의 경우엔 성향이 다르면 갈등이 잦았다. 성격 차이는 보완이 가능했지만 성향의 차이는 좀처럼 좁혀지지 않았다. 서로가 다르다는 사실은 인정하면서도 끝내 서로를 받아들이진 못해서였을까. 언제부터인가 혼자 하는 일들이 많아지기 시작했다. 같이 여행을 가고 싶어도 상대방이 원하지 않으면 굳이 조르지 않고 혼자 떠났다. 사진 찍는 걸 좋아하지 않는 사람을 만날 때면 셀카와 음식 사진만이 휴대폰 사진첩을 빼곡히 채워갔다. 그렇게 시간이 지날수록 나는 혼자에 익숙해졌다. 함께 있어도 외롭다는 느낌은, 애초부터 혼자이기 때문에 느끼는 고독감과는 차원이 달랐다. 더 쓸쓸하고, 더 비참했다. 어쩌면 내가 외로움을 타지 않는 사람이라고 생각했던 것도 그저 스스로를 위로하기 위한 억지 세뇌에 불과했을지도 모르겠다. 나와 닮은 널 마음속에 들이는 순간, 그 좁디좁은 틈을 꾸역꾸역 비집고 외로움이란 놈도 함께 따라 들어와버렸으니.

더 이상 혼자가 아니게 된 순간부터
다시 외로워졌어.
아, 어쩌면 네가 있는 지금도,
여전히 나는 혼자인지 모르겠지만.
너도 나처럼 그럴까.
궁금해, 날 이렇게 만든 너는 어떤지.

가끔씩은 발밑을 봐요

이 무슨 쌍팔년도 얘기냐 하겠지만, 대한민국이라는 나라에서 사회생활 깨나 한다는 소리 좀 들으려면 야근과 회식은 필수야. 이제 겨우 서른밖에 안 된 내가 다녔던 회사에서도, 그리고 주변 친구들이 처해 있는 상황만 봐도 어렵지 않게 증명할 수 있지. 얼마 전에 결혼한 지인 중 하나는, 잦은 회식에 하루가 멀다 하고 부부 전쟁을 치르고 있거든. 남편 입장인 그의 말에 의하면 자기가 좋아서 하는 것도 아니고 가족들 먹여 살린다고 하는 건데, 자꾸만 아내에게 미안해야 하는 게 싫다더라고. 어느 날, 어쩌다 그 부부와 함께 셋이 술자리를 가지게 됐고 난 그때 처음으로 아내의 입장에서 이야기를 들을 수 있었어. 그녀는 단순히 회식이 잦아서 싫은 게 아니라고 했어. 늘어가는 주량에 반비례해 나빠지는 남편의 건강, 그리고 부부가 함께하는 저녁 식사 횟수가 점점 줄어드는 것까지. 시간이 갈수록 돈 버는 기계를 자처하는 그의 모습이 안타까웠고, 자신을 만나 그렇게 변한 것 같아 한편으로는 죄책감까지 든다고 하더라. 우리가 결혼을 하지 않았더라면, 그가 그렇게 앞만 보고 달릴 필요가 있었을까. 그런 그녀가 원하는 결혼 생활은 금전적으로 풍요롭지 않아도 부부가 저녁을 먹으며 하루를 공유하고, 주말이면 오붓하게 시간을 보낼 수 있는 삶이었어.

이건 조금 다른 이야기이긴 한데, 그 부부를 보면서 떠오른 기억이 하나 있어. 작년에 엄마가 다리를 다쳐 병원에 입원했을 때 같은 병실을 썼던 한 아주머니에 관한 기억이야. 엄마보다 열 살 가까이 연세가 많았던 그분은, 쓰러지기 직전까지도 30년을 넘게 간병인 생활을 하셨다고 해. 환자가 바뀔 때마다 이제 이 환자를 마지막으로 그만둬야지, 생각하면서도 막상 또 일거리가 생기면 할 수 있을 때 한 푼이라도 더 벌어야겠다는 마음이 들어 거절하지 않았대. 그러다 보니 어느새 그만한 세월을 보냈는데, 불과 몇 주 전에 본인보다 몸집이 큰 환자를 돌보다 허리를 다치신 거야.

타인의 삶을 감히 함부로 평가할 수도, 해서도 안 되겠지. 다만 문득 그런 생각을 했어. 그분이 건강하게 은퇴하고 그간 힘들게 번 돈을 병원비가 아닌 남은 생을 즐기는 데 쓸 수 있었다면 얼마나 좋았을까. 맛있는 것도 먹고 여행도 다니면서, 그동안 병실에만 갇혀 있느라 포기했던 자유를 마음껏 누리시면서 말야.

인생에서 가장 소중한 가치가 무엇이냐고 물으면, 당당하게 '돈'이라고 대답하는 사람들이 많아졌어. 자신의 생각을 스스럼없이 솔직하게 표현하는 요즘 사람들은 예전처럼 사랑이나 행복 같은 관념적인 가치를 좇지 않아. 스스로가 속물임을 쿨하게 인정하며, 돈이 있어야 사랑도 지속할 수 있고 행복한 인생을 살 수 있다 말하지. 틀린 말은 아니야. 실제로도 금전적인 여유가 있으면 남들보다 좀 더 편하게 살 수 있으니까. 나도 늘 꿈꾸는 삶이고. 하지만 현실은 잔인할 정도로 공평해서, 모든 것을 가지게 놔두지를 않아. 연봉이 높은 직장은 그만큼 바쁘고 스트레스 받을 일이 많은 것처럼 말야(요새는 돈도 적게 주면서 부려먹는 회사가 더 많지만). 그렇다고 해서 돈 대신 삶의 여유를 선택한다면, 넘치는 시간을 손가락만 빨며 보내야 할 수도 있지.

많은 사람들이 물질적인 가치를 추구하지만, 사실 그들 중 대부분은 인생에서 돈이 1순위가 아닐지도 몰라. 그건 그저 옆에 있는 이들이 다 돈을 좇으니까 나도 그래야 할 것 같은 강박관념의 하나일 뿐일지도. 가족을 위해 열심히 일한 아빠는 정작 아이들의 자는 얼굴밖에 보지 못하고, 나이가 들면서는 점점 가정에서 소외당하기도 해. 자식들에게 부담을 주고 싶지 않아 자신의 몸을 혹사시키면서까지 열심히 살았던 누군가의 엄마는, 결국 그렇게 모은 돈으로 그동안 망가진 몸을 치료하는 데 쓰게 됐지. 돈이 최고의 가치라면 그 목적지에 도달했을 때 행복감이나 만족감을 느껴야 하는데, 씁쓸함과 후회를 남기는 사람들이 더 많은 건 왜일까. 무엇을 위해 우리는, 잠시 숨 돌릴 틈도 없이 그리 아등바등했을까.

어쩌면, 너무 멀리만 바라보느라
정작 곁에 있는 소중한 것들을
마주할 시간이 없었던 건 아닌지.

퇴사를 앞두고 있어. 어떤 이들은 무모하다 하고 어떤 이들은 부러워해. 믿는 구석이 있냐고? 아니, 나도 무서워. 너무너무 무서워. 그 누가 나를 걱정해준다 한들, 내가 느끼는 불안함만큼은 아니겠지. 어쨌든 정해진 건 아무것도 없고 당장 백수가 되는 거니까. 집이 잘사는 것도 아니야. 부끄럽지만 모아둔 돈도 없어. 그래도 떠나보기로 했어. 지난 30년 동안 무엇을 놓치고 살아왔는지, 어쩌면 그중에 정말 소중한 무언가가 있었던 건 아닌지. 한번쯤 확인이 필요할 것 같거든. 그리고 다시 돌아 돌아가는 그 길에서, 혹시라도 과거의 나를 만나게 된다면 한번쯤 물어보고 싶어.

그때 너의 인생에서 가장 소중한 건
무엇이었느냐고. 너는 무엇을 찾고 싶어서,
그리 앞만 보며 달렸느냐고.

봄은 나에게 늘 따뜻하지만은 않았다.

다가올 인연보다 떠나간 인연이 못내 아쉬웠고,
머물지 못하고 사라진 모든 것들이 서러웠기에.

봄의 진짜 속성은 본디 떠나는 것이었음을,
서른 언저리쯤 와서야 비로소 알 수 있었다.

3장

누구나 그렇게 서른이 된다

삶을 사랑하는 첫 조건

먹고, 기도하고, 사랑하라는 말의 전제는 '떠남'이다. 무엇을 기대하든 그것은 일단 떠나는 행위에서부터 시작된다.

이제 막 시작했잖아

특별한 이유가 있었던 것은 아니었다. 연초에 1년 계약직으로 입사한 회사에서 연말이면 2주의 휴가가 주어진다는 이야기를 듣고, 바로 항공권을 알아보기 시작했다. 딱히 가고 싶은 나라가 있는 것도 아니었다. 일단 날짜는 휴가가 주어진다는 12월 말, 목적지는 'everywhere'.

넉넉하지 않은 예산임에도 다행히 유럽까지는 가능해 보였다. 요즘 인기가 있다는 크로아티아가 유독 눈에 띄었지만, 거긴 좀 더 아껴뒀다 날이 좋을 때 떠나기로 마음먹었다. 바로 밑에 스페인이 있었다. 스페인 항공권 최저가는 60만 원 후반대부터.

유럽은 가본 적이 없다. 혼자서 여행을 해본 적도 없다. 에라, 모르겠다. 검색해보니까 여자 혼자서도 유럽 여행 많이들 다니던데, 나라고 못할 건 또 뭐가 있을까. 마음 약해지기 전에 환불불가 요금으로 왕복 티

켓을 끊어버렸다. 그야말로 충동구매였다. 휴가는 12월이었고, 충동구매를 한 날은 3월 초. 이럴 땐 선결제, 후승인이지.

70만 원을 허공에 날리지 않으려면 무조건 떠나야 했다. 대책 없이 일을 저질러버린 스스로를 원망하기도, 가끔은 기특해하기도 하면서 그렇게 9개월이라는 시간이 흘렀다. 나는 어느새 이름 없는 여행자가 되어 낯선 땅에 도착해 있었다.

이유는 없었다. 살면서 이유 있는 선택을
해본 적은 그리 많지 않았다.
확신을 가지고 내린 결정 중에서도 분명
후회하는 선택들이 있었기에,
이번만큼은 그저 이끌림을 따라
걸어보기로 했다.

늘 여행하는 삶을 꿈꿨지만 현실은 그렇지 못했다. 시간이 있으면 돈이 없고 돈이 있으면 시간이 없다는 뻔한 핑계는, 나라고 예외일 수 없었다. '기회비용'이라는 거창한 단어를 빌려 쓸 만큼 가진 게 많지도 않건만, 아무래도 나에겐 '용기 부족'이란 말이 더 잘 어울리는 것 같다. 돈이 없으면 없는 대로 과감하게 떠나는 여행자들도 많은 걸 보면.

어쩌면 고생스런 여행은 피하고 싶은 건지도 모르겠다. 비즈니스 좌석을 타고 고급 호텔에 머물며 돈 걱정 없이 다니는 호화스러운 여행도 별로 취향은 아니지만(현실적으로 불가능하지만), 그렇다고 해서 몇십 킬로그램짜리 배낭을 지고 다니면서 베드버그가 나오는 도미토리를 숙소로 삼는 건, 아직 좀 겁이 난다.

사람들에게 알려지지 않은 오지를 탐험하거나 누구나 부러워할 만한 멋진 장소를 가는 것 또한 분명 가치 있는 여행이지만, 내가 꿈꾸는 여행은 그것과는 조금 달랐다. 나와 별다를 바 없는 평범한 사람들의 일상을 들여다보며 신기해하고 새롭다 느끼는 것. 그저 멀리서 바라만 보았던 그 누군가의 일상에 자연스레 녹아드는 것. 나에게 여행이란 그런 의미가 더 컸다.

결국 누군가의 여행은 또 다른 누군가의 삶이다. 신기하면서도 공평한 사실 하나는, 나의 여행이 타인의 일상이라면 그가 떠나온 여행은 곧 나의 일상이기도 하다는 것. 어쩌면 우리는 서로의 삶이 별반 다를 바가 없다는 걸 알면서도, 그것이 내가 늘 겪는 똑같은 하루가 아니라는 이유만으로 그리 가슴 벅차하는 건 아닐까. 누군가에겐 매일같이 반복되는 무료한 일상이, 누군가에게는 마치 미지의 세계처럼 설레게 다가오듯이 말이다.

의욕만 앞서는, 겁 많고 걱정 많은 어설픈 초보 여행자면 어때.
서른 살, 우리 인생의 첫 30대도 이제 막 시작했는 걸.

나를 사랑하는 일

그래, 머물러 있을 거라면 굳이 헤집어댈 필요도 없었을 것이다. 예를 들면 겨우 봉합해놓은 과거의 상처를 다시금 끄집어낸다거나 혹은 실수투성이였던 과거의 나를 마주하는 일 따위. 아무도 등 떠민 적 없으니 그저 덮어두면 된다는 걸 알면서도, 이제 막 딱지가 내려앉은 생채기를 고집스레 긁어내 기어이 피를 보고야 만다. 한동안은 또 이 작은 통증에만 집착하겠지. 사람의 마음이란 건 도무지 '적당히'를 모르기 때문일까. 삶의 균형을 잡는 것은 몸의 균형을 잡는 것보다 몇 곱절은 더 어려웠다.

사랑을 할 때면 그랬다. 상대방이 내 세상의 중심이라면 나는 그 주위를 도는 작은 행성, 그가 내뿜는 빛을 반사해야 겨우 빛날 수 있는 존재. 그의 중력이 나를 놓는 순간, 이 작은 행성은 끝이 보이지 않는 저 먼 암흑 속 우주 어딘가로 무참히 내던져질 것만 같았다.

어둠조차 그리울 정도로 막막한, 무(無)의 세계를 표류하는 먼지가 될 운명. 그러지 않으려면, 나는 연인으로서의 존재 가치를 증명해야 했다. 생기를 띠는 모든 것들을 그에게 바쳤으니, 얼마 지나지 않아 행성은 황폐해졌다. 더 이상 줄 것이 남아 있지 않게 되자 나는 그의 궤도를 돌 수 있는 자격마저 박탈당하고 말았다.

다음 사랑을 할 때는 그렇게 바보같이 굴지 않겠다고 다짐해도, 그게 어디 마음대로 되는 일일까. 사람은 쉬이 변하지 않는다. 갑작스러운 변화는 부작용을 초래한다. 스스로 빛날 줄도 모르는 떠돌이별 주제에 다른 별들의 중심인 태양과 같은 항성이 되어보겠다는 식의 터무니없는 생각. 그래서였을까. 겉보기엔 완벽했던 새로운 사랑은, 길이가 짝짝이인 테이블 다리를 무언가로 괴어 억지로 균형을 맞춰놓은 것처럼 위태롭게 흔들리다 결국 무너져버렸다. 하루에 딱 정해진 양

만큼만 배식되는 나의 옹졸한 관심을 견딜 수 없었던 다음 사랑마저, 끝내 나를 떠났으니까.

어쩌면 타인을 사랑하는 것보다 어려운 일은, 나를 사랑하는 것인지도 모르겠다. 남의 잘못을 용서하는 것보다 더 힘든 일은, 나를 용서하는 일인지도 모르겠다.

먼저 이별을 고하고도 후회와 자괴감으로 잠 못 이루던 밤이 있었다. 상대방 과실이 100퍼센트가 아닌 이상, 과감하게 헤어짐을 선택하기란 쉽지 않다. 심지어 바람을 피웠다거나 폭력을 행사했다 해도 마찬가지. 그놈의 정이 뭔지, 인내심의 한계를 찍는 일이 몇 번쯤 반복되고 나서야 차마 벌어지지 않는 입술을 억지로 떼어 그에게 이별을 고한다. 쿨한 척 뒤돌아서서 씩씩하게 앞으로 걸어간다. 눈앞이 뿌옇게 흐려진다. 지금은 안 된다. 저 앞에 모퉁이를 돌 때까지만 참자. 필름이 끊긴 채 귀가했던 어느 만취한 날처럼, 어떻게

왔는지도 모르게 집 앞에 도착해버렸다.

익숙한 침대에 누워 멍하니 천장을 바라본다. 이별이 실감나지 않는다. 괜한 짓을 벌인 게 아닐까 하는 생각이 문득 뇌리를 스친다. 후회라는 것은 저수지에 가득찬 물과 같아서, 그렇게 작은 구멍 하나에도 완전히 터져버린다. 애써 부정하고 있던 현실이 걷잡을 수 없는 해일처럼 밀려온다. 내가 먼저 말을 꺼냈으니, 그냥 없던 일로 하자고 다시 무를 수 있을 것 같기도 하다. 떨리는 손으로 전화를 걸어보지만 그는 받지 않는다. 이유는 알 수 없다. 자존심 때문일 수도 있고, 그 짧은 시간 동안 이미 마음의 정리를 마친 것일 수도 있다. 아니, 어쩌면 그는 내 입에서 먼저 헤어지자는 말이 나오길 기다렸던 게 아닐까.

이러한 과정을 반복해 겪다 보면 자신의 선택에 의문을 품게 된다. 상대방이 잘 산다는 소식이라도 들리면 그때 그런 선택을 했던 내 자신이 더욱 원망스러워진다. 두 개 중에 하나를 고르기만 하면 되는 단순한 상황에서도 나는 어쩜 이렇게 틀린 답만 고르는 걸까. 행복해지려고 한 선택이 오히려 더 나를 힘들게 한다. 멍청한 내 자신이 밉다.

"누가 찬 거야?"라는 말. 연애의 종말을 정말 단순하게 구분 짓고 싶을 때, 친구들이 종종 물었다. 다행히 우리는 나이를 먹을수록 그런 식의 구분이 무의미하다는 것을 깨닫는다. 그리고 동시에, 차는 것보다 차이는 것이 더 마음이 편하다는 사실을 알게 된다. 상대에게 선택권을 넘김으로써 그에 따른 후회도 상대의 몫이 되기를 바라는 것. 나는 너를 훌훌 털고 날아

갈 테니, 날 버린 너는 나보다 딱 일주일만 더 불면증에 시달리길 바라는 작은 이기심.

그러니 그것이 설령 섣부르게 선택한 이별이었다 해도 스스로에게 조금 더 관대해질 필요가 있다. 적어도 모든 책임을 상대방에게 떠넘기지 않았으니까. 그 무거운 짐을 지느라 애썼을 자신을 이제 그만 용서해도 된다. 찼든 차였든, 본질은 이미 떠났다는 것이고 그것이야말로 변하지 않는 진실. 좋지 않은 기억이 추억이란 이름으로 미화되는 이유는, 이미 그 사람을 떠났기 때문일지도 모른다. 시간이 지나 흐물흐물해진 그에 대한 미움은, 주제 넘게도 나의 못난 면만 부각시키려 드니까. 내가 좀 더 어른스러웠다면, 헤어짐을 결심하게 만들었던 그 사람의 잘못까지도 감싸 안을 수 있었을 텐데. 그렇게 어리석은 착각을 하게 만드는 것.

잠깐의 혼란일 뿐이야. 이미 서로가 서로의 세상에

서 지워졌으니까. 너는 연인으로서의 의무를 다했으니 더 이상 스스로를 탓하지 마. 원한다면, 이제 그만 그 자리를 떠나도 돼. 나에게도, 당신에게도. 우리에게는 충분히 그럴 자격이 있으니까.

떠나고, 떠나 보내고, 떠나가고.
무엇으로부터 떠나고, 무엇을 향해
떠나기도 하고.
아프고 힘들지만 삶의 균형을 찾아가기 위한
용기 있는 선택이었을 것이다.
떠나는 것은 언제나,
머무는 것보다는 조금 더 어려운 일임을 알기에

나는 너를 응원할게.

우리의 시간은 다르게 흐른다

목련꽃이 막 피어나려던, 스무 살의 어느 봄날이었다. 수업이 끝나고 집에 돌아오니 거실 한 쪽에서 꾸물거리고 있는 작은 솜뭉치 하나.

눈과 코로 추정되는 까만 동그라미 세 개를 제외하고 온통 하얀색인 그 물체(?)는, 처음 보는 커다란 인간이 무섭지도 않은지 천진한 표정으로 꼬리를 흔들어대고 있었다.

"얘, 뭐야?"

"너 대학 가고 우리 집 분위기 삭막하다고 이모가 업어왔다."

엄마도 나도 동물은 좋아하지만, 키울 생각은 해본 적이 없었다. 한 생명을 책임지는 일이 말처럼 쉽지 않다는 것과, 수명이 짧은 그것들이 언젠가는 우리 곁을 먼저 떠나간다는 사실을 잘 알고 있었기에. 학교 앞에서 사온 병약한 병아리가 다음 날 보니 죽어 있었다던가, 친구가 키워보라고 준 햄스터가 수명을 다해 그 아이를 아파트 화단에 고이 묻어줬던 일은 어린 마음에도 꽤나 아픈 기억으로 남아 있었다.

사람도 아닌 존재 때문에 상처받고 싶지 않다는 생각과는 달리, 그 작은 솜뭉치가 우리 집의 막내로 받아들여지기까지는 그리 오랜 시간이 걸리지 않았다. 다리 힘이 부족해 자꾸 넘어지면서도 끝내 다가와 내 무릎을 차지하던 너. 손끝에 구름이 닿아 있는 듯 포근한 털이 좋았고, 꼬순 발바닥 냄새는 마치 아로마 테라피처럼 내 마음을 편안하게 만들어주었지.

일말의 경계심도 없이 나를 바라보는 그 천진한 눈동자가 너무나 사랑스러워서, 나는 버둥거리는 널 꼭 끌어안은 채 한참을 놔주지 않았고. 네가 싫어하는 걸 알면서도 말야.

그렇게, 10년이라는 시간이 지났다.

이제 너는 처음 만났을 때만큼 몸집이 작지도 않고, 밤하늘처럼 새까맣던 눈은 나이가 들면서 점점 회색빛이 되어갔다. 할머니 손등에 핀 검버섯처럼 몸에는 얼룩덜룩한 점들이 생겨나고, 켁켁거리는 기침 소리가 잦아졌다. 나는 그저 열 살을 더 먹었다는 것 말고는 널 처음 만났을 때와 달라진 게 없는데, 너의 시간은 자못 빨리 흘러간다.

3년 간의 자취생활을 접고 엄마와 네가 있는 집으로 돌아온 후로는, 너와의 산책이 내 일과가 되었다. 산책하기 가장 좋은, 노을이 지는 시간대를 맞추고 싶어 나는 언제나 바쁘게 회사 일을 끝내고 집으로 향하는 발걸음을 재촉하곤 했다. 그건 어쩌면, 우리의 시간이 똑

같은 속도로 흐르지 않는다는 사실을 알면서도 묵인해 온 스스로에 대한 속죄이자 네가 떠난 후에 남을 죄책감을 조금이라도 덜기 위한 이기적인 행동일지도 모르겠지만.

너와 산책하는 동안에는 나에게도 고요한 휴식이 찾아온다. 아마도 하루 중 유일한 순간이 아닐까. 풀냄새와 흙냄새만 맡아도 기분이 좋아지는 너를 보면서, 너보다 더 자유롭게 돌아다니고 더 맛있는 음식을 먹고 훨씬 더 많은 것들을 가졌음에도 불행하다고 느끼는 나를 돌아본다. 그토록 소소한 일에도 만족해하는 작은 존재에게 경외심이 들면서도, 그 조그마한 행복조차 탐이 난다. 나도 너처럼 해질녘 산책길에 코끝을 스치는 공기 내음만으로도 행복해질 수 있으면 좋을텐데. 이 또한 어리석은 욕심이려나.

늙어가는 너와의 하루하루가 소중해지는 만큼, 먹

고 살기 위해서라는 현실적인 이유로 너를 혼자 두는 시간이 많은 것 같아 마음이 아프다. 지금 이 순간에도 나는 후회할 짓만 골라서 하고 있는 건 아닐까. 그런 내 마음을 아는지 모르는지, 너는 그 토실토실한 엉덩이를 들이밀며 내 옆구리에 자리를 잡는다. 그 숨소리 가득한 작은 등에 살며시 손을 올려두고 느린 박자로 토닥토닥거릴 때면, 마치 내 마음을 읽는 것처럼 고개를 들어 눈을 맞추는 너.

닿아 있는 살갗과 시선의 마주침을 통해 종種을 초월한 따뜻한 온기가 전해지고, 산책할 때와 같은 그윽한 기분이 물결처럼 나긋하게 밀려들어온다. 하루 종일 정신없이 휘몰아치던 나의 바다가 너로 인해 금세 잔잔해졌다.

너와 좀 더 많은 시간을 공유하고 싶어.

당연하다고 생각했던 지금의 일상이, 언젠가

미치도록 그리워지는 날이 올 테니.

우리, 또 산책 나갈까?

그리움의 이유

살다 보면 잊지 못할 몇몇 순간들이 있다. 예를 들면 남녀 관계에 있어서 내가 좋아하는 사람이 똑같이 나를 좋아해주는 그런 기적 같은 상황. 애석하게도 서로 감정이 일치한다는 것은 생각보다 어려운 일이다. 사람 마음이란 게 참, 보통 내가 좋아하는 사람은 나를 좋아하지 않고, 나를 좋아하는 사람은 내가 또 별로라고 느낄 때가 많으니. 나의 경우 특히 더 그랬다. 무슨 운명의 장난인 건지, 사랑에 빠지면 애가 닳는 쪽은 언제나 나였다. 아무래도 나를 좋아해주는 사람보다는 내가 좋아하는 사람만 오매불망 바라보는 이 요상한 성격 때문이었을까.

그를 알게 된 건 지인이 주선해준 소개팅을 통해서였다. 막 잠자리에 들려던 참이었는데, 내 연락처를 받은 그가 처음으로 메시지를 보내왔다. 회식 중이던 그는 늦은 시간에 실례가 아닌지 모르겠다며 첫 말문을 뗐다. 단출한 그 메시지를 시작으로 우리는 각자 약간의 취기와 몽롱함을 끌어안고서 그렇게 한참이나 휴대폰을 만져댔더랬다. 나는 시시콜콜하게 문자하는 걸 별로 좋아하지 않았음에도 그와는 귀찮은 줄 모르고 연락을 주고받았다. 오히려 한동안 소식이 없으면 무언가 허전하고 신경이 쓰일 정도였으니까. 우리는 그 주 주말에 논현동에서 만나 조개구이를 먹으러 가기로 했다.

약속한 날, 신논현역 사거리 맞은편에 서 있는 너를 나는 한눈에 알아볼 수 있었다. 다만 미처 예상하지 못했던 변수 하나는, 지난 일주일 동안 수없이 주고받은 문자메시지가 무색하게도 첫 만남의 서먹함을 피할 수는 없었다는 것. 몇 분간의 조심스런 탐색 끝에야 조금씩 서로를 내보이기 시작했다. 돌이켜 생각해보면 그런 어색함조차 반갑게 느껴질 정도로 나는 이미 너에게 설레고 있었는지도 모르겠다.

양손에 목장갑을 끼고 뜨거운 조개를 후후 불어가며 열심히 까던 네 모습이 그날 밤 집에 돌아와서까지도 선연했다. 첫 만남에 조개구이라니. 침대에 누워 오늘 일을 곱씹으며 나는 혼자 키득거렸다. 그러다 괜히 쑥스러워지는 바람에, 누가 보고 있는 것도 아닌데 애꿎은 이불만 목 끝까지 끌어당겼다. 도통 내려올 생각이 없는 입꼬리를 가리고 싶어서.

아직도 그때의 떨림이 생생해. 두 번째 만남을 약속하면서 우리는 남산을 가기로 했잖아. 사실 그날, 나는 너를 만나기 전부터 잡아놓은 다른 소개팅이 있었어. 친구의 부탁이라 차마 취소하지는 못하고 나갔는데,

도무지 집중을 할 수가 없더라. 몸은 이곳에 둔 채 영혼만 다른 곳으로 가버린 듯 묘한 기분. 상대방에 대한 예의가 아닌 줄 알면서도, 나는 얼른 뜨거운 커피를 입안에 털어 넣는 것으로 그 자릴 마무리하고 너에게로 향했지.

5월 초하루의 남산에는 어느 때보다 포근한 바람이 불어왔는데. 그 바람 때문인지 아니면 봄날의 괜한 설렘 때문이었는지 모르겠지만 하여튼, 너를 기다리는 잠깐의 시간 동안 나는 금방이라도 녹아내릴 것만 같았어. 날씨도, 바람도, 나무도, 하늘에 뜬 달도, 모든 것이 너무 다 완벽해서. 왜, 그럴 때 있잖아, 즐거운 상상이 현실로 이루어질 것만 같은 그런 날. 예뻐 보이고 싶은 욕심에 굽이 높은 샌들을 신고서, 계단을 오르기가 힘들다는 핑계로 나는 처음 너의 손을 잡았지. 너는 알고 있었을까. 시도 때도 없이 자꾸만 튀어나오려 하는 소란한 마음을, 혹시라도 너에게 들킬까 애써 잠재우고 있었단 걸. 아직은 낯선 너의 온기에 나는 하릴없이 풀어지면서도 말야.

남산타워에 도착한 우리는 벤치를 찾아 앉았어. 눈앞엔 서울의 야경이 화려하게 펼쳐졌고, 주위에는 꽤 많은 사람들이 웃고 떠들고 있었지. 그런데 나는 네 어깨에 머리를 기댄 순간부터 아무 소리도 들을 수 없었어. 평소대로라면 호들갑을 떨며 좋아할 도시의 야경 따위도 그 순간엔 불빛 한 점 눈에 들어오지 않더라. 나에게 전해졌던 건 그저, 감추지 못한 너의 심장소리와 애틋한 떨림뿐이었으니까.

맞닿은 체온을 통해 관계의 변화가 감지됐다. 지금 이 순간을 기점으로 우리는 서로에게 조금 더 특별한 의미로 다가갈 거야. 숨 쉬는 공기마저도 달달한 이 밤. 그저 내 편이 하나 생겼을 뿐인데, 마치 온 세상을

다 가진 것 같은 황홀한 기분. 너와 내가 이 무대의 주인공이고 다른 모든 이들은 엑스트라로 만들어버린 유치한 만족감. 그래도 괜찮아, 오늘은 우리를 위한 날이니까. 오랜 무명생활 끝에 비로소 주인공을 맡게 된 어느 여배우처럼 나는 형용할 수 없는 흥분감에 취해 그렇게 한참을 너에게 기대어 있었어.

두어 달 전쯤이었나. 안 쓰는 메일함을 정리하다가 몇 년째 읽지 않은 메일 한 통을 우연히 발견했다. 세상이 온통 핑크빛이던 그 언젠가, 너와의 사소한 수다까지도 모두 간직하고 싶은 마음에 메일로 보내놨던 메신저 대화 내용이 거기 있었다.

잃어버린 머리끈들이 이사할 때쯤에나 침대 밑에서 뭉텅이로 발견되듯 이제는 의미가 없어진 그때의 흔적들이 잊혀진 메일함 어딘가에 그렇게 고스란히 남아 있었다. 아, 나도 혀 짧은 소리를 내며 열렬히 사랑했던 때가 있었구나. 행복해 보였다, 스물다섯의 나는. 정말 못났다 싶을 정도로 천진난만해서, 이제 막 사춘기에 들어선 동생의 일기장을 몰래 훔쳐보는 기분이었다. 그렇게 혼자 웃다 가끔은 심각한 표정을 짓기도 하며 한참동안 비밀스런 흔적들을 읽어 내리던 나는 그만, 울음을 터뜨렸다. 이제는 네 얼굴조차 기억이 나질 않아서. 그리고 우습게도, 그때의 내가 그리워져서.

어쩌면 너는, 이성보다 감정이 앞섰던 내 어린 날의 마지막 순수純粹였을까.

당신의 행복을 빕니다

아빠의 얼굴을 본 건 여덟 살 때가 마지막이었다. 벌써 20여 년 전의 일이지만 아직도 생생히 기억이 난다.

막 학교에 입학해서 새로운 환경에 적응하느라 어린 나이에도 삶이 고달프다 느꼈던 그때. 하굣길에 터덜터덜 걸어가고 있는데 뒤에서 인기척이 느껴졌다. 해가 중천에 뜬 대낮에 아파트 단지 한복판이었음에도 불구하고 혹시나 유괴범은 아닐까, 잔뜩 경계심을 안고 뒤를 돌아보았다. 아빠였다. 장난기 많은 아빠는 제 몸보다 큰 책가방을 메고 혼자 쫄래쫄래 집으로 향하는 어린 딸내미의 뒤꽁무니를 슬그머니 쫓아왔던 것이다. 그래놓곤 벌써 들킬 줄 몰랐다는 듯 멋쩍게 머리를 긁적이며 예의 그 사람 좋은 미소를 지었다.

"엄마! 아빠 왔어!"

마치 길 잃은 아빠를 내가 찾아내서 데려온 것처럼, 한껏 뿌듯해하는 목소리로 엄마를 부르며 현관문을 열어 재꼈다. 어머, 우리 딸이 아빠를 데려왔네! 기특해라. 엄마는 칭찬을 바라는 나의 초롱초롱한 눈망울을 그냥 지나치지 않았다. 일 때문에 몇 달에 한 번, 어떨 땐 1년에 한 번 만나는 아빠에게 어색함을 느낄 만도 했지만, 그건 아주 잠시였다. 우리는 하루도 안 되어 보통의 부녀지간 사이를 회복하곤 했다. 아빠는 어린 딸의 눈높이에 맞춰 유치한 장난을 잘 쳐주었기 때문에 나는 아빠를 제법 잘 따랐다.

집에 온 아빠는 짧게는 며칠, 길게는 한 달 정도 머물다 다시 한국을 떠났다. 그때도 마찬가지였다. 얼마간 머물러 있던 아빠는 여느 때처럼 다녀오겠다는 말을 남기고는 집을 나섰다. 나는 조금만 기다리면 다시 또 아빠가 돌아온다는 것을 알고 있었기 때문에, 굳이 서운함을 내비치지 않았다. 어른스러운 척, 아빠에게 잘 다녀오라며 손을 흔들었다. 그것이 내가 기억하는 아빠의 마지막 모습이었다.

몇 주가 지나고 몇 달이 흘렀다. 흠, 이제 올 때가 됐는데. 꼬마는 학교가 끝나고 집에 가는 길이면 혹시나 오늘은 아빠가 나타나지 않을까, 뒤를 돌아보곤 했다. 거기엔 아무도 없었다. 작은 마음 한켠에 실망하는 날들이 쌓여갔다. 해가 몇 번이나 더 바뀌고도 아빠는 돌아오지 않았고, 꼬마는 더 이상 뒤를 돌아보지 않았다. 여덟 살의 꼬마가 사춘기 소녀로 자라고, 그 소녀가 스무 살을 지나 서른 살이라는 나이가 될 때까지.

사실, 무덤덤해진 지는 오래되었다. 내가 초등학교를 다녔을 무렵만 해도 1년에 한 번 학교에서 호구조사 비슷한 걸 했었는데 선생님이 나누어준 설문지를 보며 거기에 아빠에 대한 이야기를 어떻게 적어야 할지 고민에 빠지곤 했다. 그저 다른 아이들과 상황이 조금 달랐을 뿐인데 그것을 단 몇 글자만으로 어른들에게 변명하듯 설명을 해주어야 한다는 것이, 어린 나이에도 마뜩치 않게 느껴졌다. 거기에 약간의 반항심이 더해져 일부러 더 아빠가 없다는 사실을 숨기지 않았다. 아빠가 없어도 나는 충분히 사랑받고 있다고. 그래서 하나도 슬프지 않다고.

누군가 나에게 아빠가 밉지 않느냐고 물어본 적이 있다. 글쎄, 답하기 어려운 질문이다. 애정이 남아 있지는 않지만 그렇다고 밉거나 싫은 감정이 있는 것도 아니다. 함께 지낸 시간이 짧아서일까. 단편적인 기억 속에도 나쁜 기억은 없다. 엄마와 아빠가 싸우는 것을 한 번도 보지 못했고, 아빠가 떠난 이후에도 엄마는 나에게 아빠에 대한 좋지 않은 이야기는 단 한 번도 하지 않았다. 아빠가 진짜 좋은 사람이어서 그랬는지, 아니면 자식이 부모를 미워하지 않길 바라는 마음에서 그랬는지는 모르겠지만. 그렇게 아빠가 집을 떠난 몇 년 뒤부터는 소식도 아예 끊겼다. 궁금할 때도 있었지만 딱히 내색하지 않았다. 아무리 어려도, 엄마에게 아빠는 어떻게 지내냐는 멍청한 질문을 할 정도로 눈치가 없지는 않았다.

다만 그럴 때는 있다. 엄마와 나이 차이가 많이 났던 아빠는 지금쯤 일흔을 훌쩍 넘긴 할아버지가 되었을 것이다. 아직 살아계실까. 그렇다면 어떤 모습일까. 그렇게 아주 가끔, 정말 어쩌다, 나에게도 아빠라는 존재가 있었다는 사실이 문득 떠오를 때면 일어나지도 않을 일을 상상해본다.

혹시나, 만에 하나라도, 다시 만나게 된다면 무슨 말을 해야 할까.

오랜 시간을 고민했다. 왜 나를 버렸느냐고, 왜 엄마를 외롭게 두었느냐고, 왜 우리를 떠났느냐고. 그렇게 가버리고 행복했느냐고. 속에 담아두었던 원망을 꺼낼까. 아니면 아빠가 죽었다 해도 정이 없으니 슬퍼하지 않아도 되어서 다행이라고, 부모의 죽음이라는 엄청난 상실감을 한 번이라도 덜 느끼게 해줘서 감사하다고, 도리에 어긋난 모진 소리를 내뱉을까.

그 모든 것이 이제와 무슨 소용이 있을까. 원망이든 울분이든, 목적 없이 뒤섞인 감정들이 의미를 가지기에는 너무 많은 시간이 흘렀고 앞으로도 쉬지 않고 흘러갈 텐데. 걸음걸음마다 뒤돌아보던 어린아이는 이미 다 커버려서 어른의 선택을 이해할 수 있는 나이가 되었으니 말이다.

떠난 사람에게 할 수 있는 말은 그저 인사와 안녕을 바라는 것뿐.

고맙습니다, 세상에 태어나게 해주셔서.

행복하세요, 지금 계신 그곳이 어디든.

그저 온전한 내가 되고 싶었다

머리를 잘랐다. 등을 반 이상 덮고 있던 긴 머리카락이 서걱거리는 가위질 소리와 함께 힘없이 바닥으로 떨어졌다. 오랫동안 길러와서 아깝거나 후회할 줄 알았는데 생각보다 괜찮았다. 다만 이제는 의미가 없어진 그 검은 털뭉치를 보면서, 이게 무어라고 멍에처럼 짊어지고 있었는지 스스로에게 물었을 뿐.

어린 시절의 나는 언제나 짧은 머리였다. 여성스러운 것보다 단순하고 세련된 스타일을 좋아했던 엄마는 네 살박이 딸의 머리카락마저도 그렇게 싹둑 잘라놓았더란다. 그때 이후로 처음이었다. 내 의지로 마주한 짧은 머리는 오랜만에 보는 친구처럼 조금 어색하면서도 반가웠다. 특별한 기교 없이 뭉툭하게 잘린 것에 심술이 난 머리카락들이 제멋대로 뻗쳤지만, 오히려 그 어수룩한 자연스러움이 좋았다. 목덜미가 훤히 드러나서 시원해 보이는 것도 마음에 들었고, 거미줄에서 운 좋게 벗어난 잠자리처럼 자유로워진 느낌이 무엇보다 좋았다.

복장 검사를 받던 시절도 있었다. 선생님의 눈을 피해 조금이라도 더 짧은 치마와 긴 머리를 가져보려고 발버둥쳤던 그때. 결 좋은 긴 머리카락은 여성스러움을 더해주었기 때문에 열일곱 소녀들에겐 언제나 동경의 대상이었다. 비슷한 길이에도 누구는 걸리고 누구는 운 좋게 빠져나가는 것을 보면서 나도 그 행운의 멤버 중 하나가 되기를 속으로 간절히 기도했었다. 믿음이 부족했던 걸까. 내 기도는 거의 이뤄지지 않았다.

스무 살이 되면서부터 작정하고 머리를 기르기 시작했다. 드디어 두발의 자유를 얻은 나에게 한 달에 고작 1센티미터 남짓 자라는 머리카락은 너무나 소중했다. 고등학교만 졸업하면 머리를 마음껏 지지고 볶아도 된다고, 누가 그런 얼토당토않은 규칙을 만든 것인지는 모르겠지만 아무튼 그랬다. 애지중지 기른 머리가 이따금 꿈속에서라도 짧게 잘릴 때면 나는 끔찍한 악몽을 꾼 듯 소스라치며 잠에서 깼다. 일어나서 불을 켜고 거울을 봤다. 여전히 길게 늘어져 있는 머리를 확인하고 난 후에야 다시 마음 편히 잠을 청할 수 있었다.

긴 머리에 대한 애착은 곧 집착으로 변했다. 마치 전염병이 퍼지듯 그 대상이 하나둘씩 늘어갔다. 성적, 옷, 가방, 화장품, 예쁜 얼굴, 날씬한 몸매, 건강, 친구, 연인까지. 그렇게 나를 둘러싼 모든 것에 집착했다. 애초에 가진 것이 적었기에 더욱 간절했을까. 그나마도 내 마음대로 되지 않을 때면, 불안해서 견딜 수가 없었다. 점점 길어지는 머리카락은 포승줄처럼 스스로를 속박했다. 나는 수중에 남아 있는 모든 것들을 끌어안고 방에 들어가 문을 잠갔다. 그렇게 하면 절대 떠나지 못할 것이라 생각했다. 나의 완벽한 착각이었다.

그건 공간이 아닌 시간의 문제였다. 미처 가두지 못한 시간이라는 놈은 세상의 모든 존재들에게 변화를 허락했고 그들은 제각기 다른 형태로 변해 어떻게든 방을 빠져나갔다. 결 좋던 긴 머리는 어느새 빛을 잃었고, 사랑은 무관심으로 변해 사라졌으며, 사람은 떠났다. 결국 방 안에 남은 건 나뿐이었다. 마치 처음부터 그랬던 것처럼. 주위엔 그 누구도, 그 무엇도 남아 있지 않았다.

지독히도 외로웠던 시간들이 지났다. 하루하루를 악착같이 버티며 모두가 떠났음에도 살아야 하는 이유를 찾았다. 나는 그 무엇에도 의지하지 않은 채, 오롯이 나로서 존재한 적이 있었나. 생각해보면, 바닥이 부풀어 오른 페트병처럼 나는 늘 다른 것에 기대지 않으면서 있을 수 없었다. 그랬다. 내가 외로웠던 이유는, 아이러니하게도 지금껏 혼자인 적이 없었기 때문이었다.

초라해도 괜찮으니 그저 온전한 내가 되고 싶었다. 본연의 나와 마주하는 것은 꽤 두려운 일이었지만 이 지긋지긋한 집착에서 벗어나고 싶었다. 일례로 나는, 여자로서의 매력을 여태 긴 머리에 의지하고 있었는지도 모른다고 생각했다. 다시 말해, 다른 이들의 눈에 매력적인 사람으로 비치고 싶었던 내가 기댄 곳이 고작 머리카락이었다는 것. 갑자기 스스로가 혐오스럽게 느껴졌다. 단발병에 걸린 사람처럼 머리를 자르고, 또 잘랐다.

어쩌면 연습일지도 모른다고, 거울에 비친 어색한 짧은 머리를 보며 생각했다.
이미 떠나보낸 것들과, 앞으로 떠나보내야 할 존재들로부터 묵묵히 돌아서기 위한 연습.

잘린 머리카락처럼, 떠나가는 그 모든 것들에게 담담히 마지막 인사를 건넬 수 있기를.

어느새 나도, 당신도, 만남보다 이별을 더 많이 경험해야 할 나이가 되었으니.

꽃은 구름이 되어 다시 피었다

외할머니가 버릇처럼 하시던 말씀이 있다. 할미가 너 시집가는 건 보고 눈을 감아야지, 그 이상은 욕심이고.

우리 집안에서 내 바로 위의 사촌 언니, 오빠들은 나보다 훨씬 나이가 많았기 때문에 결혼은 물론이고 이미 다 큰 조카들까지 있었다. 그리고 밑으로는 주르륵 서너 살 터울의 사촌 동생들이었기에 할머니가 노리는 다음 결혼 타자는 꼼짝없이 나였던 것.

할미, 뭔 소리야! 우리 할미, 내가 낳은 증손주도 보셔야지. 나의 대답은 언제나 망설임이 없었다. 하나뿐인 외할머니가 내 결혼식에 참석하는 건, 해가 지면 달이 뜨는 것처럼 너무나도 당연한 일이었으니까.

친가가 없는 나는 어렸을 때부터 외가 식구들과의 정이 두터웠다. 내가 태어났을 당시 미혼이었던 두 이모와 외삼촌은 나를 친자식처럼 예뻐했다. 우리는 엄마, 아빠 없이도 놀이공원이며 스케이트장이며 자주 놀러 다녔는데 외할머니의 손주 사랑은 더했다. 할머니는 우리와 같이 살면서 바쁜 엄마를 대신해 어린 나를 살뜰히 돌봐주셨다. 내가 더 이상 보살핌이 필요 없는 나이가 되어서야 할머니는 독립을 선언하셨다. 혹여 외로워하진 않으실까 만류하는 가족들의 걱정에도 불구하고, 할머니는 혼자가 편하다며 기어코 사양하셨다. 다행히 외가 식구들 대부분이 같은 동네에 살아서, 할머니의 집도 가까운 곳에 마련할 수 있었다.

엎드리면 코 닿을 거리였지만 내가 할머니를 보러 가는 횟수는 해마다 줄어들었다. 가까이 살면서도, 아니, 가까이 살았기에 언제든 갈 수 있다고 생각해서 더 그랬는지도 모르겠다. 설레는 대학 생활에, 친구들과 노는 것만 해도 시간은 언제나 부족했다. 할머니는 가끔 찾아오는 손녀딸이 얄밉지도 않으신지 내가 이따금 들를 때면 이것저것 챙겨주시기 바빴다. 그럴 때면 엄마보다 할머니가 나를 더 사랑하는 것처럼 느껴졌다. 엄마는 막 나한테 화도 내고 혼도 내는데, 할머니는 항상 오냐오냐 우리 손주 최고라고 해주셨으니까. 그런 할머니가 매번 같은 질문을 잔소리처럼 하시기 시작한 건 내 나이 스물다섯이 넘어가면서부터. 그래, 요새 만나는 친구는 없고? 에이, 왜 없겠어, 할머니. 곧 날 잡을 거여. 그렇게 농담 반 진담 반으로 대답을 할 때면 할머니는 드디어 소원을 푼다며 소녀처럼 좋아하셨다.

내가 파혼을 하고 얼마 지나지 않아 외할머니가 쓰러지셨다. 거동이 불편해진 외할머니를 집과 가까운 요양병원에 모셨다. 엄마와 이모들, 그리고 외삼촌은 시간이 날 때마다 병원에 들렀다. 주무실 때를 제외하고는 되도록 혼자 계시는 시간이 길지 않도록 모든 가족들이 신경을 썼다. 당시 자취를 하고 있던 나도, 주

말이면 할머니를 찾아갔다. 하루하루가 애틋했다. 건강하실 때 좀 더 많은 시간을 함께 하지 못한 것에 대한 후회가 밀려왔다. 연세에 비해 건강하다고 생각했던 외할머니였지만 세월 앞에서는 장사가 없었다. 언제부터인가 외할머니의 손이 점점 더 말라가고, 안 그래도 작은 몸이 더 작아졌다는 것을 느끼고 있었다. 그 사실을 알면서도 유예해온 시간들이, 마음의 짐으로 쌓였다.

사랑하는 사람, 그것도 가족의 죽음을 지켜보는 건 태어나 처음이었다. 늘 곁에 있던 존재였는데. 내가 조금 소홀히 굴어도, 때로는 먼저 앞서 걸어도, 뒤돌아보면 언제나 제자리에서 웃어주던 이가 어느 날 내 눈 앞에서 사라져버렸다. 영원히 그대로 있을 줄 알았고 그것이 당연하다 생각했다. 그래서 항상 미뤄 왔었다. 나의 이기적인 마음을 눈치채셨을까. 유난히도 추웠던 이듬해 겨울, 봄꽃이 봉오리를 맺기도 전에 할머니는 떠났다. 겨우 두 달 만의 일이었다. 혹여 당신의 병원 생활이 길어질수록 자식들에게 짐이 되진 않을까 노심초사하셨던 것처럼, 그리도 빨리 할머니는 할아버지 곁으로 가버리셨다.

지금껏 한 번도 가까운 사람을 죽음으로 잃어본 적이 없어서일까. 상실감은 상상 이상으로 컸다. 다시는 볼 수도, 말할 수도, 만질 수도 없다는 믿기 어려운 현실. 차갑게 식은 할머니의 마른 손을 붙잡고 소리 없이 흐느끼다 끝내 오열했다. 이 딱딱하고 차가운 손이 내가 마지막으로 느낄 수 있는 할머니의 품일 테지. 왜, 좀 더 따뜻하고 부드러웠을 때 많이 잡아드리지 못했던 걸까. 돌이킬 수 없는 지난 시간들이 비수가 되어 가슴에 내리 꽂혔다. 반사적으로 다시 눈물이 차올랐다. 참아야 한다. 그 알량한 슬픔에는 알 수 없는 죄책감이 뒤섞여 있었다. 뺨을 타고 흘러내리는 액체들은 할머니를 위한 것이기도, 어쩌면 나를 위한 것이기도 했다. 스스로에게 면죄부를 주고 싶어 안달난 사람처럼 나는 미안하다는 말과 죄송하다는 말만 끝없이 되풀이할 뿐이었다. 그러다 지치면 잠시 멍하니 있다가 또다시 할머니가 떠오르면 그냥, 울었다.

떠나간 이의 빈자리를 채우는 유일한 방법은 그저 견디는 것이었다. 깊게 패인 상처에 새살이 돋길 기다리듯, 그렇게. 눈물이 나면 나는 대로, 때로는 덜 삼켜진 먹먹함에 가슴을 치다가도 잠이 오면 잠을 자고, 배가 고프면 밥을 먹었다. 내가 할 수 있는 건 얄궂게도 그뿐이었다. 이따금씩 마음을 짓눌러오는 버거움은 살아 있는 사람이 감당해야 할 죄책감의 무게였다. 분명 나는 꽤나 살가운 손주였다. 그럼에도 남은 기억은 전부 잘 못해드린 기억들 뿐. 엄마가 나에게 말했다.

"넌 손녀로서 할 만큼 했어, 그러니 너무 힘들어 하지 마."

그렇게 말하는 엄마의 얼굴에도 회한이 가득해 보였다. 살아계실 때 더 잘해드리지 못한 것에 대한 자책일까. 엄마는 가끔 할머니와 투닥거릴 때를 빼고는 꽤나 지극정성이었음에도 그랬다. 내가 엄마에게 물었다. 엄마가 지금 하는 후회를, 나도 나중에 엄마 나이가 되어서 하고 있겠지. 만약에 그렇다면 엄마는 나한테 무슨 말을 해주고 싶어? 엄마가 대답했다. 너무 오랜 시간동안 울지는 말라고 할 거야. 엄마는 때가 돼서

가는 거고, 넌 좋은 딸이었으니까 엄마한테 미안해하지 말라고. 응, 엄마. 그러니까 엄마도 이제 그만 울어.

그것은 죽은 자에 대한 배려이자 산 자로서의 의무였다. 아직 숨을 쉬고 있기에, 어쨌든 죽지 않았기에 견뎌내는 것. 언젠가는 조금 흐릿해질 죄책감의 흔적을 유품처럼 끌어안고 그렇게 시간이 가기만을 기다렸다. 가끔은 원망스러운 마음도 들었다. 손녀딸 웨딩드레스 입은 모습은 보고 가신다더니, 왜 그렇게 빨리 가신 거예요.

구름이 꽃처럼 예쁘게 핀 날이면 잠시 가던 길을 멈추고 하늘을 올려다본다. 꽃을 좋아했던 할머니는 고등학생 손녀가 그린 어설픈 꽃그림을 액자까지 맞춰 10년이 넘게 거실에 걸어두셨다. 언젠가 할머니 댁에 들렀다가 여전히 거실 한켠을 차지하고 있는 그림을 보고, 그만 떼는 게 어떻겠느냐고 말씀드린 적이 있었다. 대신 더 예쁜 꽃그림으로 사다 드리겠다고. 그런데도 그 못난이 꽃은 거실 벽에서 내려올 수 없었다. 아마도 할머니는 그림을 보며 사랑하는 손녀의 얼굴을 떠올리셨는지도 모르겠다. 그렇다면 그 그림은, 보고 싶어도 행여 부담이 될까 내색하지 않고 그저 제자리에서 말없이 기다리고 있던 할머니의 진심이었을지도.

하늘은 여전히 말간데, 구름이 물기를 머금은 듯 뿌옇게 일렁이기 시작한다. 메마른 아스팔트 위로 물방울 꽃이 한 송이, 두 송이 번져 나갔다.

있잖아, 할머니. 내 소원은 햇살이 고운 어느 날에 딱 반나절 정도의 시간이 주어지는 거야. 그래서 할머니 손 꼭 잡고 같이 꽃놀이 가면 참 좋을 텐데. 그치?

점심시간의 끝에서 퇴사를 꿈꾸다

혼밥이 당기는 날이었다. 특별히 바쁜 일도, 괴롭히는 사람들도 없었다. 무난한 오전을 보낸 뒤 주섬주섬 겉옷을 챙겨 입고 사무실 밖으로 나왔다. 훌쩍, 매서울 정도로 차가운 공기가 코끝을 스치자 곧바로 콧물이 흘렀다. 꽃샘추위라더니 틀린 말은 아니었나 보다.

혼자 식사를 해도 어색하지 않은, 바 테이블이 있는 식당을 찾았다. 일본식 선술집을 모방한 분위기의 그곳은 점심이면 생선구이를 팔았다. 고등어구이 하나요. 종종 오던 곳이라 자리에 앉자마자 메뉴도 보지 않고 주문을 했다. 미리 세팅되어 있던 밑반찬들은 간이 삼삼해서 싱겁게 먹는 내 입맛에 잘 맞았다. 아무래도 오늘 점심은 괜찮은 선택을 한 것 같다.

12시가 가까워지자 본격적으로 손님들이 밀려들어오기 시작했다. 식사를 마친 나는 지체 없이 자리를 비켰다. 혼자 식사하는 일이 잦다 보니 이 정도 눈치는 완벽하게 장착되어 있었다. 그리고 무엇보다, 오랜만에 찾아온 여유를 좀 더 즐기고 싶다는 열망도 컸다. 기분이 특별히 좋지도, 나쁘지도 않은 보통의 하루. 생각해보면, 이런 날은 그리 많지 않았으니까.

후식은 녹차라테로 결정했다. 회사 밀집 지역이라 길을 걷다 보면 발에 채는 게 카페인데도 매번 고민을 한다. 어디로 갈까. 아, 거기가 있었지. 커피도 맛있고 분위기도 좋지만, 매일 들르기에는 지갑에 부담이 되는 곳. 오늘 같은 날엔 왠지 밥값만큼의 커피값을 써도 괜찮을 것 같다.

계산대 앞에서 한참을 고민하다 카페의 대표 메뉴인 녹차 아포가토를 골랐다. 주문을 하자마자 자리를 잡았다. 따뜻한 햇볕이 들어오는 창가 자리는 마냥 포근했다. 패딩을 입고 있었던 탓인지 결국 나른함을 이기지 못하고, 인조털이 복슬복슬하게 달린 커다란 후드에 기대어 반쯤 누웠더랬다.

후식까지 먹었는데도 시간이 남았다. 딱히 할 일은 없지만 이 소중한 점심시간을 알차게 꽉꽉 채우고 돌아가리라 마음먹었다. 늘어나는 손님들로 번잡해진 카페를 벗어나니 바로 옆에 아담한 책방이 있었다. 그러고 보니 예전부터 한 번쯤 들르고 싶었던 곳이다. 삭막한 도시에 홀로 고고히 자리한 작은 공간은, 그 자체만으로도 충분히 매력적으로 다가왔다.

조용히 문을 열었다. 어서 오세요, 사장님으로 보이는 인상 좋은 남자분이 인사를 건넸다. 내부도 밖에서 본 것만큼이나 군더더기 없이 작고 담백했다. 여긴 서점인가요? 네, 서점이에요. 서점이긴 한데 커피도 드실 수 있고, 종종 작가들과 담소를 나누는 시간도 제공합니다. 아, 그렇군요.

느린 걸음으로 천천히 둘러보기 시작했다. 공간 자체가 작은 만큼 책의 종류는 많지 않았지만, 직장인의 구미를 당길 만한 책들이 선반 위에 단정히 진열되어 있었다. 표지만 훑던 와중에, 마침 좋아하는 작가의 책 한 권이 눈에 들어왔다. 나온 지는 꽤 됐는데 아직 읽어보지 않은 책이었다. 무슨 내용인지나 좀 볼까. 대충 훑어 넘기다 우연히 마주한 페이지에는 흥미로운 문장들이 적혀 있었다. 나는 어느새 홀린 듯 빠져들었다.

사실 처음 들어왔을 때만 해도 책을 구입할 생각은 전혀 없었다. 그런데 갑자기, 꼭 이 책이 사고 싶어졌다. 한 권밖에 안 남은 책의 테두리에는 이 사람 저 사람의 손때가 묻어 있었지만 그런 건 중요하지 않았다. 평소에는 맨 아래쪽에 놓인 빳빳한 새 책만을 고집하면서도, 그날은 왠지 그랬다. 나는 주저 없이 카드를 내밀었다.

구입한 책을 들고 나오자 문득, 그 작은 공간의 평화가 그리워졌다. 할 수만 있다면, 거기서 아르바이트를 하고 싶다고 생각했다. 사장님(인지 아닌지는 모르겠지만)인상도 좋아 보이시던데 최저 시급 정도는 챙겨주지 않을까. 오늘처럼 충동구매, 과소비만 안 하면 그래도 먹고살 수는 있겠지. 누군가 내 속마음을 들었다면 나를 보고 얼빠진 인간이라고 말할지도 모르겠다. 아무렴 어때, 얼빠진 거 맞는데.

첫 직장에 비해 월급이 두 배로 늘었지만, 대신 카드값도 두 배가 되었다. 지금의 반 토막 정도 되는 월급으로도 월세 내고 생활비로 써 가며 자취를 했던 적이 있었는데, 지금은 부모님 집에 얹혀 살면서 더 많은 월급을 받아도 그때와 별반 달라진 게 없는 건 도대체 왜 일까.

돈을 많이 번다고 삶이 풍요로워지는 건 아니었다. 많이 벌면 버는 대로, 처음에는 신기하고 좋았을지 몰라도 나중에는 그것이 당연시되면서 씀씀이도 덩달아 커져갔다. 특별히 사치를 하는 게 아닌데도 그랬다. 어차피 직장인 월급은 거기서 거기. 나는 이 퍽퍽한 생활이 도무지 소화가 되질 않았다. 나보다 바쁘고 더 힘들게 일하는 다른 사람들은 대체 어떻게 버티는 걸까. 새삼스레, 그들이 참으로 대단하다고 생각했다.

회사를 다니며 늘 퇴사를 꿈꾼다. 계약 만료일이 언젠지 대충 계산해보니 보름도 채 남지 않았다. 나는 지금까지 몇 번의 이직을 하는 동안, 단 며칠도 제대로 쉬어본 적이 없었다. 불행인지 다행인지 모르겠지만 매번 회사를 그만둘 때마다 바로 그다음 일거리가 바통 터치하듯 들어오곤 했으니까. 이번에 퇴사를 하면 반년은 무조건 쉬어야겠다고 생각했다. 원 없이 늦잠 자고, 행운이랑 실컷 놀아주고, 누구 눈치 볼 것 없이 홀가분하게 여행도 좀 다니면서. 며칠씩 골방에 틀어박혀 글만 쓰는 것도 좋을 것 같아.

책 한 권을 달랑 손에 들고 걸음을 재촉했다. 어쨌든 아직은 회사를 다니고 있으니 점심시간이 끝나기 전까지 늦지 않게 돌아가는 것이 지금 당장 나에게 주어진 임무. 그러면서도 또 생각했다. 회사 그만두고 나면, 이 책방에 찾아와서 아르바이트를 시켜달라고 해야지.

맛있는 밥을 먹고, 오붓한 티타임을 갖고, 서점까지 들른 여유로운 오후였음에도 결론은 퇴사로 귀결되는 그런 평범한 하루였다.

평범한 직장인의, 그냥 보통날.

흘러가는 대로 살기.
아등바등하지 않기.

억지로 바꾸려 하지 말고,
억지로 붙잡으려 하지도 말기.

때가 되면 올 것이라 믿고,
오지 않는다 해도 실망하지 않기.

괜찮을 필요 없어요

〈또, 오해영〉이라는 드라마를 보면, 결혼식 전날 파혼당하고 부모님 집에서 쫓겨난 여주인공이 자기 신세를 한탄하면서 이런 말을 해요. 누가 나한테 그건 아무것도 아니라고, 괜찮다고 말해줬으면 좋겠다고. 그러자 비슷한 (혹은 더한) 아픔을 이미 겪은 남자주인공이 이렇게 대답하죠. 그게 어떻게 아무것도 아닐 수 있냐고, 그게 어떻게 괜찮을 수 있겠냐고.

오히려 그 말이 더 큰 위로가 되었어요. 너는 지금 괜찮지 않다고. 네가 겪은 그 일들은 분명 힘든 일이 맞다고. 우리는 왜 꼭 괜찮아야만 할까요? 아프면 아프다고, 힘들면 힘들다고. 부정적인 감정들은 왜 있는 그대로 받아들여지면 안 되는 걸까요? 보통은 누군가를 위로할 때 '괜찮아' '힘내' '기운내'라고 말하잖아요. 그런데 때로는 위로가 필요한 이들에게 얼른 털고 일어나라며 재촉하지 말고, 그저 내버려두는 적당한 무관심도 필요하지 않을까 생각했어요. 괜찮지 않아도 된다고. 한 대 대차게 맞고 쓰러졌으면, 그냥 그대로 잠시 누워 있다 일어나고 싶을 때 일어나도 된다고 말예요.

그래요, 우리는 꼭 괜찮을 필요 없어요.
힘들다 투정도 부리고, 울고 싶으면 울어요.
아파도 돼요, 당신. 얼마든지요.

어쩌다 서른

아무 준비 없이 덜컥 맞이한 서른. 스무 살이 모든 것을 마음대로 할 수 있는 자유의 시발점이라 생각했다면, 서른 살엔 모든 것이 완벽하게 갖춰진 멋진 어른이 되어 있을 거라 믿었다. 그런데 지금 거울에 비친 이 모습은 도대체 뭘까. '멋진'은커녕 아직 어른도 아니고 아이도 아닌 기형奇形의 몰골을 한 낯익은 이가 서 있다. 그는 아직도 회식 자리만 가면 곱게 휴지를 깔고 그 위에 수저 놔드리는 꼬꼬마 사원일 거고, 그나마 운이 좋다면 회식 자리 파하고 윗분들 대리운전 대신 불러드리는 대리로서의 삶을 살고 있을 테지. 도토리 키 재는 수준의 고만고만한 월급 덕분에 집은 둘째치고 대리운전 부를 차도 없다. 그 작고 소중한 월급의 3분의 1을 여섯 평짜리 방 한 칸에 쏟아 부으면서 출퇴근길 하루 두 번 숨쉬기도 힘든 빽빽한 공간에 구겨 넣어진 채 부대끼다 보면, 다음 달엔 60개월 할부로라도 차를 뽑으리라 다짐하는 이게 현실이지. 그런데 왜 항상 드라마에선 20대 후반이 실장님이고, 주인공들은 어린 나이에도 이미 자기 분야의 전문가인 것처럼 나오는 걸까. 가끔은 '나만 빼고 다 저렇게 사는 거 아니야?' 하는 의문이 들다가도 같은 고민을 털어놓는 친구들을 보면서 역시 드라마는 드라마일 뿐이라는 사실을 다시 한 번 깨달으며 스스로를 위로한다.

그렇다고 해도 이건 너무해. 진짜 어른의 모습은 이렇게 초라하지 않을 것이다. 아니, 초라해서는 안 돼. 열심히 공부하고 착하게 살면 누구나 멋진 어른이 된다고 배웠다. 그것은 마치 애벌레로 태어났다면 누구나 나비가 된다는 것처럼 너무나 당연한 이치였지만, 현실은 그렇지 않았다. 같은 해에 태어나고 자랐다 해서 모두가 비슷한 시기에 고치를 탈피하고 나비가 되는 것은 아니었으니까. 언제 나비가 될지, 아니, 기다리면 언젠가는 나비가 될 수는 있는 건지조차도 알 수 없는 초라한 번데기. 그게 나의 서른 살이었다.

특별히 열심히 살아온 건 아니지만 그렇다고 특별히 게으르게 살지도 않았는데. 남들보다 더 열심히 하지 않았기 때문에 영원히 번데기로 살아야 한다면, 그건 좀 억울하다. 주연까지는 바라지 않더라도, 엑스트라조차 주어지지 않을 만큼 지난 30년간 연습해온 내 삶이 그리 형편없었던가. 적어도 인생이라는 무대에서는, 한번쯤은 스포트라이트를 받을 권리가 있는데. 그것이 주연이든 행인1이든 말야.

가끔은 그렇게 믿고 싶다. 아직 내 차례가 오지 않은 거라고. 누군가는 타고난 재능 덕에 어린 나이에 스타가 되기도 하고, 누군가는 세월이 만들어낸 깊은 연륜으로 빛을 보기도 하니까. 어쩌면 지금 느끼는 막막함이 제대로 살고 있다는 증거일지도. 이 숨 막히는 진지함이 인생의 선물이라면 기꺼이 온몸으로 받아들이겠다. 언제 될지도 모르는 나비가 되기 위해 아등바등하지만 말고, 지금 주어진 번데기의 삶도 즐겨보리라. 혹시 모르지, 그것도 나름 재밌을 수도 있잖아? 앞에서 혼자 주목받는 주연 배우보다, 때로는 뒤에서 배경이 되어주는 댄서들의 칼 같은 군무에 더 큰 카타르시스를 느끼기도 하는 법.

패배감에 흠뻑 젖어 있던 기분이 햇볕에 잘 널어놓은 빨래처럼 조금씩 말라가기 시작한다. 서른의 봄은 꽃가루 알레르기만큼이나 예민하면서도 섬세하다. 우울함의 무게에 꼼짝없이 눌려 있다가도 스치듯 읽어내린 글 몇 줄에, 어차피 태어난 거 한번 잘 살아내 보겠다며 다시 으쌰으쌰 일어서는 걸 보면.

아픈 날엔 울고 좋은 날엔 웃으며,
누구나 그렇게 서른이 된다.
내가 그랬고, 당신이 그랬던 것처럼.